阅美文

怀念河流

郭军平 著

郭军平

西苑出版社

图书在版编目（CIP）数据

怀念河流 / 郭军平著 . —北京：西苑出版社，2018.12

ISBN 978-7-5151-0672-4

Ⅰ. ①怀… Ⅱ. ①郭… Ⅲ. ①散文集－中国－当代 Ⅳ. ① I267

中国版本图书馆 CIP 数据核字（2018）第 284753 号

怀念河流

HUAINIAN HELIU

出 品 人　赵　晖
责任编辑　陶永学　辛小雪
特约策划　凌　翔
责任印刷　陈爱华　严令升
责任校对　刘娟娟
封面设计　戴　敏
出版发行　西苑出版社 XIYUAN PUBLISHING HOUSE
通讯地址　北京市朝阳区和平街 11 区 37 号楼　邮政编码：100013
电　　话　010-88636419　传真：010-84281520
　　　　　E-mail：xiyuanpub@163.com
印　　刷　三河市金元印装有限公司
经　　销　全国新华书店
开　　本　710mm × 1000mm　1/16
字　　数　160 千字
印　　张　13
版　　次　2019 年 1 月第 1 版
印　　次　2019 年 1 月第 1 次印刷
书　　号　ISBN 978-7-5151-0672-4
定　　价　49.80 元

目　录

第一辑　怀念河流

第二辑　烟雨江南

第三辑　巍巍秦岭

第四辑　形胜渭北

第五辑　关中名邑

第六辑　登高望远

第一辑　怀念河流

一条大河从我心上流过

奶奶家帽檐式的小瓦房一字儿排开，东西各一排。奶奶是长辈，居西边；舅舅们为晚辈，住东边。我是一条鱼儿，贪恋河水的鱼儿，失落在了高高的旱塬。我曾经异常地迷恋奶奶的瓦房，是因为迷恋奶奶家门口的一条大河。

虽然奶奶已经去世二十多年了，但是我总能想起奶奶那温馨的小瓦房。奶奶家瓦房式的建筑曾经让我产生许多新奇之感，也许是有别于我那个没有山河的小村庄。我们的住房结构统一为窑洞，不是陕北式的窑洞，是人们在平原地带用砖箍出来的窑洞，上面用一层厚厚的黄土傍缠而成。黄土黏合性强，家乡的人们用椽头傍缠得结结实实。为了增强牢固性，人们还在每一版的土层间加上废旧席子上的条子，使土层间更加弥合结实。习惯了这样的住宅，忽地来到奶奶家的小院，我被那别具一格的水乡住房迷住了。我还好奇地问过“奶奶家为何不住窑洞”的问题。印象里好像是因为那儿地势低、水多，不适合住窑洞。这个问题我就没有再追究。是啊，奶奶家周围到处都是河，脚下打下去十几米深就能冒出水来，不住窑洞自然是环境原因。

从奶奶家出来，向东一望，是一条高高的大堤，大堤是我挖甜甜草、玩捉迷藏的好地方。甜甜草是一种水乡特有的草，因为在家乡的旱塬上始终没有见过这一种草，因此我至今都对它们印象深刻。甜甜草在夏季生长得非常旺盛，茎叶儿细嫩，有点像苜蓿草的模样，与苜蓿草有所不同的是，甜甜草的根茎非常长，在大堤厚实的土层里埋藏得很深，似乎挖不到头。也许因为土壤深处蕴藏了丰富的水分，只要轻轻地用手挖一下，甜甜草根部的泥土就是湿湿的。在绿茸茸的大堤上，常常有一条通向大河深处的管道，渠上那清清的水就是从下面的大河里抽上来的，也难怪大堤上的甜甜草长得如此旺盛。

每年我都去舅父家拜年，可由于种种原因不能像以前那样无拘无束。以前总要好好地住上几晚，和表弟们疯玩，而现在，常常是当天去当天回。我多想到这块熟悉的土地上走走，寻觅寻觅童年的足迹，寻觅寻觅童年的伙伴，寻觅寻觅冬天里的甜甜草，再看看它的根茎是什么样子，甚至我也想到爷爷奶奶的坟头，烧上一把纸钱，愿亲爱的爷爷奶奶能够永远安息，在天国里幸福自在。唉，这些都是我内心的隐秘愿望。那时的我是多么天真无邪，就像一条快乐的鱼儿一样，在大河里任意畅游。

啊，那条大河，水势湍急，汹涌而来，向北望不到源头，向南也望不到尽头。有人说那是一条著名的人工大渠，是民国时期一位著名的水利专家设计修建的。可那条大渠，在我的眼里就是一条大河。那条大河常年汹涌不止、滔滔不息，向前狂奔而去。它从哪里而来，又要到哪里去？我曾经带着这个疑团向北向南走了好长路程，可是依然没有走到尽头。我彻底灰心了，我相信它就是一条大河，从很远很远的地方来，又要到很远很远的地方去。就在这条大河一路狂奔的途中，它惠及了无数的百姓！奶奶家就是受这条大河滋养的普通人家。在我们很小的时候，家里常常断粮，父亲总是从奶奶家带来玉米、小麦等，以便让我们渡过难关。我小时候经常到奶奶家，一到奶奶家的村头，最先看到的是一畦又一畦整齐的玉米地，或者是满眼滚圆滚圆的大西瓜。那湿湿的黑土地下不知蓄下了多少水，也不知攒下了多少肥。玉米秆高出了人头，健硕高大，密不透风。几乎每一块地头都有灌溉渠，抽水站的墙上写着“水是农业的命脉”“兴修水利，功在千秋”等字样。像这样一个湿漉漉的地方哪能饿着肚皮呢？

也许是与这条大河有缘吧，我曾在流行诗歌的年代激情昂扬地写过一首长诗，饱蘸浓情的我抒发了对这片土地的热爱。而这首诗也为我赢得了一定的荣誉和自信。不想竟一下子踏入了文学的领地，至此就再也没有出来。就这样，文学伴随着我度过了浪漫的青年，又陪伴我走进了深沉的岁月。无论是激情昂扬的诗歌，还是优美隽永的散文、杂文，我感觉我的文字不能没有这条大河的滋养。

这条美丽的大河哟，一直在我的心中流淌。它不仅让我的文字如行云流水，也让我的文字充满绵绵情韵。每当我提起笔来的时候，我都需要这条大河的浩荡情感。我笔下的灵思，笔下的情采，笔下的锦绣，都需要这条大河的日夜滋养。这条大河啊，我生命中的大河！

黄河滩，我遥远的故乡

黄河滩，我遥远的故乡。

我的血脉里流淌着黄河的血液，我情感的浪潮里涌动着黄河的浪花。我是黄河滩人吗？黄河滩是我的故乡吗？是的，毫无疑问，虽然我出生在渭北高原一个古老的县城里，但是我的父母、我的祖父母、我的外祖父母却都实实在在是在黄河滩成长、生活过的。他们的家原本就在黄河滩上，他们毫无疑问是黄河滩人。黄河滩人的生活习俗、生活方式已经像泥胎上的刻花一样烙在他们的思想里、行为里，即使生活再如何变化，这种已形成的生活习俗和生活方式大致还是难以改变的。自然，我受他们的影响很深。

孩童时期，小伙伴们都开玩笑地说“你们是黄河滩人”。看来，小孩子的观念，也深受他们父母的言语观念影响，不然，他们怎么知道“我们是黄河滩人”？别说小孩子们的说法引起了我的思考，就是我们的父母、祖父母的话题里也经常离不了“黄河滩”。黄河滩，我遥远的故乡，打小，就这样深深地印在了我的脑海里。

黄河滩是什么样儿的？自小我就产生了这样的好奇心。后来在我上小学四年级的时候，村子里开了一个会，晚上父母回来，就在商量下不下滩里的事儿。由于对黄河滩抱有极强的好奇心，也因为打心眼里憧憬黄河，当时我幼小的心灵里还有一点下滩的愿望。白天大人们讨论的话题也被我和小伙伴们延续着，大家似乎都要做着分别的准备了。村子里黄河滩的家户不少，都集中在村子的东头，足有八九户，由于地缘的关系，从小在我的印象里，这些家户彼此间就走得很近，我们也与这里的乡亲们相处得非常融洽。我们买的窑洞的前主人也是黄河滩人，人已经先我们下滩去了。当时我都以为父母可能要做出决定下滩了，后来，还是没有下滩。因为我们村子里的移民还没有一家决定下滩。大家都没做这个决定。然而，不久之后，我就听说了姑姑全家下滩的事。

"黄河滩里收入高，地好做，都是沙土地，一年两料，但是人辛苦，活儿多。"老人们常这么说。其时已经是包产到户五六年以后的事儿了，这几年的日子，风调雨顺的，即便是渭北旱塬，实行包产到户以后，家家户户的日子也都好过了起来，不像那几年经常吃不上麦面馍。由于这个原因，所以大家下滩的热情并不高。不是有句古语"搬家三年穷"嘛！习惯于稳定生活的乡亲们最后还是决定不下滩。经过这一次的变故，我心底上回黄河滩的愿望也就永远地被埋葬了。美丽的黄河滩，成了我遥远的故乡，我再也不可能回去了。然而，由于对文学的喜爱，文学意义上的黄河时不时地在我的心头涌起。有时，我都在默默自嘲：我是黄河的儿女，我的心头涌动着黄河的浪潮。是啊，黄河，这条文学的大河，一直让我崇拜而又敬仰。每每朗诵着李白"君不见黄河之水天上来，奔流到海不复回"的诗句，我就为曾是黄河边上的子民而骄傲。大概也是因为心灵深处想寻求一种文学的图腾，而祈求黄河给予自己一分灵感。是啊，每每在思维枯竭、灵感迟迟不来之际，我就想起了奔腾的黄河水，内心的豪迈感油然而生。枯竭的思维仿佛又重新获得了灵感，笔下顿时汩汩滔滔起来。

孩童时即有到黄河滩看一看的愿望，想象中黄河滩一定是一个广袤千里、平原如砥的好地方。在那里，一条美丽的大河环绕而过。北望，浩浩荡荡看不到边际；南望，也是平沙莽莽，一片苍茫。后来，有了一次下滩的机会，心情自然很激动。车子在起伏不定的山路上绕来绕去，突然转了一个弯，就到了一望无垠的千里平原，司机告诉我，这就是黄河滩。这简直是另一个世界，平平坦坦的原野看不到尽头，路边是一垄又一垄整齐的农田。我惊呆了，我从没有见过这样平整的土地，这样辽阔的土地，简直可以和草原媲美。我们来到村子里，水泥打的路面，十分洁净；整齐的农家小院，一户挨着一户；红墙蓝瓦式的两层门楼式住房，显示着人们生活的富足。我拜访了多年不见的"耍小"建平。他家的院子里堆满了苞谷，玉米棒子到处都是。建平的日子过得很不错，家中农用车、脱粒机等现代农业机器全都有，是典型的农业现代化的体现。黄河滩是一个"鱼米之乡"的富庶之地。建平说："每年农忙之时，黄河滩上都有民工来摘棉花、挖花生。我们家人手少，地又多，每年都要雇佣民工。"我说我想看看黄河，建平把我带出家门，走到村头，指着东方说："这儿离黄河还有十多里，要去，得骑摩托车去，就看你有没有时间。"估摸着时间不够，我把这个打算取消了。黄河虽然没有看到，但是黄河滩总算是见到了，这多多少少也满足了我的一点愿望。

一次从洛阳回来的路上，车子过了陕县，透过车窗，我突然看到了一道美丽的风景：在一道黄河湾处，白鹭纷飞，林木茂密，黄河水在阳光的照耀下闪闪发光。有人说，这是黄河自然风景保护区。多么幽美的境地啊！黄河，在人们的精心保护下真是变得越来越美了。我向往黄河，我向往黄河滩。黄河滩，我遥远的故乡。

西河秋行

西河位于我们县城的西边，故得此名。

每当教授《过秦论》，讲到“于是秦人拱手而取西河之外”时，我总要笑着提问学子，此“西河”是彼“西河”吗？当然，总有博识的学子会说出其中的道理：盖古文中的“河”一般指“黄河”，而非泛指一切河流；而现在则相反，猫和咪是不一样的。而“江”呢？则和“河”一样，如一对孪生兄弟，在古文里也有专指性，即指“长江”，而到了如今，如同鸟枪换大炮，管的范围也大了，泛指一切江水。由于“西河”是教学中绕不过的一个弯子，故家乡的西河，在我的眼里也就变得更加美丽了，更加可爱了。此种感情也许有“情人眼中出西施”的嫌疑，因为我们的西河既没有黄河的宽广，也没有长江的浩瀚，它只是一条细小的河流，而且随着上游工业、农业的发展，水流量已远不能与昔日相比。即便这样，提起家乡的西河，我还是充满了浓浓的情愫，也许此种感情正体现了“美不美，家乡水；美不美，家乡人”的感情倾向吧！正如人们常说的“人不是因为美丽而可爱，而是因为可爱而美丽”，也许，西河的美正是因为它的可爱吧！

周末晨练后，忽想到西河一游。西河并不远，从城西拐，稍走几步，见得隍庙，直沿坡下走，便是去处。路便捷通畅，我骑了车子，顺着坡道驶去。车借坡势，如飞一般，耳边清风"嗖嗖"入耳，倒也其乐无穷。也许是出行得早，沿途行人寥寥，偶尔见得一两行人，在散步锻炼。往来的机动车辆更是少见，这也让我得了益处。倘是平日，车辆如鲫不说，如其驰过，喷出难闻之汽油味，再扬起一片灰尘当更扫兴。旅游观光本就是放松心情，呼吸新鲜空气，锻炼体力，如非这样，倒不如不来。听说这条路过去是要道，但自从东西架起西河大桥，此路便消停下来，直由昔日富翁变穷汉，"门前冷落鞍马稀"。然坏事终成好事，此处倒成为市民休闲娱乐健身的好去处。

下坡顺行，车行如飞，旁若无人，我似生翼，但觉耳边忽忽生风，沿途风景目不暇接。左边深沟险壑，树木丛生，花草丰茂；右边高崖壁立，奇峰陡起，忽似熊立，忽似美人垂首。不知是我的幻觉，还是自然变化给我的启发，此时唯感词语贫乏。抬头仰望，但见山上古树参天，老藤缠绕，黄土干皴，有如千年老人，一脸凝重，不由你不生敬重之情。此时我想：如此厚重画面，如若让那些黄土画派名家见了，也会驻足流连忘返。车行入坡下，忽有雾霭缠绕，却感觉不到，真似摩诘诗形容的，"白云回望合，青霭入看无"，也许因了秋雨初霁，故雾气升腾。

车行顺利，眼看就到坡底，但见片片庄稼田地，黄中泛黑，时值秋分，谷物已收，枯叶飘零，令人生悲。路遇两老人提满篮负重，相互帮衬，旁有一犬，摇头摆尾，煞是可爱。西河桥直奔眼帘，旧容依然，没人粉刷，这倒也成一景。倘若拆拆建建，那历史的沧桑味还从哪里寻找？"伟大的中国共产党万岁，伟大的领袖毛主席万岁"，虽经风雨侵蚀，但字迹隐约可见，依然结实牢固。口号是时代的见证，是说话的历史。保存点吧，倒也让人忆旧思新，了解历史，体验沧桑。桥有三个涵洞，中间一大，侧边两小，有名桥赵州桥之风。我年轻时去沟西教书，常常路过，忽焉已过二十多年，真是岁月如流，日月如梭，昔日毛头小伙，已届不惑。桥依然如此，而人却渐渐变得沧桑不已了。若用东坡居士的词形容，已是“老夫”，也许旧地重游，更易让人产生如此感慨。

桥下流水，水势已不再汹涌。近看，只是溪流状态，令人惋惜。据说是上游浇灌和纸厂用水导致，虽如此，但仍水流潺潺，哗哗声终年不断。每到洪季，水势汹涌澎湃，令人害怕，毕竟水火无情。鉴于此，政府加快了改造母亲河、创建秀美山川的步伐。放眼望去，只见不远处已是一片施工场地，两岸已然加固。花边形的砌砖镶嵌其中，煞是好看。而施工场地上也竖起了高大的工程图，清晰地描绘了西河发源地，也表明了改造西河的美好愿景。在奔小康、实现“中国梦”的道路上，一幅集休闲、娱乐、再造秀美山川的蓝图正在铺开。可以想见，一旦人们发展经济不应以牺牲破坏自然环境为代价的理念形成，西河美好的未来就为时不远了。但愿人人都来保护我们的母亲河，让她的山更绿，水更清，天更蓝。我默默地期盼着这样的日子。

西河的水依然在哗哗流淌，我顺着水流沿一条乡间小路前行，边走边赏沿岸风景。但见众山峨峨，形态各异，或似颔首低眉，或似昂头挺胸，或似铁骑突出，真让人领略到造化的神奇莫测，更让人感到造化的伟大无比，它真是个绝妙的画家，用一支妙笔勾画出了山川的奇形怪状，百般模样，不能不让人称奇。在它的面前，我只能感到自己的语言是多么贫乏，而山川无限的美真是难以言说。东晋女诗人谢道韫在《泰山吟》中写道：“峨峨东岳高，秀极冲青天。岩中间虚宇，寂寞幽以玄。非工复非匠，云构发自然。器象尔何物，遂令我屡迁。逝将宅斯宇，可以尽天年。”女诗人的情感令我陡然产生了共鸣。倘有一支绘画的笔岂不更好？

可惜我是一个门外汉，只能“徒有羡鱼情”了。

沿小路继续前行，时见老村屋舍，人烟点点，畦畦菜地，绿叶葳蕤，虽入秋分，但依然蓬蓬勃勃、绿油油、鲜嫩嫩的，令人垂涎欲滴。勤劳的人们，总能把黄土变成金子。沿途有的家户柴门紧锁，显然已久无人住，兴许主人已搬迁进城，或后人们早早出息，飞出了山窝。但留守的人们却依然保持着固有的淳朴，把家园经营得生机勃勃，绿意盎然。这里没有凋落的味道，依然是“狗吠深巷中，鸡鸣桑树颠”的田园画面，不过也增添了不少现代气息。

西河水滋养了沿岸的人民，滋养了高大的树木，滋养了种类繁多的鸟儿。看那在树林间来来回回振翼飞翔的群鸟，不是为这里增添了更多的诗意吗？可以看出，随着环境的改善，这里会成为天然的氧吧、美好的度假胜地。这不，晨曦正穿透云层，把它那万千金光、万道彩霞披在了美丽的山川上。而那美丽的山川在金阳的照射下，不是变得更美丽迷人了吗？这样的胜景，能不让人爱恋吗？能不让人流连吗？

黄河魂

黄河魂景区位于洽川风景区的北部，我曾在几年前的一个暑期游览过。今年国庆节，我又一次带着女儿前往游览。

感受黄河气度，走近母亲河，目睹我国第二条大河的风采，这是每个炎黄子孙心中永远不了的情结。曾经多少次，从地理课本上了解到黄河，从电影电视图片中看到黄河；曾经多少次，从古代诗文里认识了黄河，从歌曲里听到了黄河；又曾经多少次，感受到我们民族的魂魄里都有的一种黄河的精神。于是，在我的眼里，黄河成了我们民族的精神象征。

如同朝拜长城一样，也有许许多多远方的人们带着子女们，带着一颗虔诚的心来到黄河岸边，聆听黄河的涛声，目睹黄河的卓越风采。记得在洽川一家农家乐就餐时，一位来自西府的游客问我："到洽川游览什么好？"我说："黄河自然是不能不看的。"我接着问："看过黄河吗？"他摇摇头，说："没有。"看他那模样，好像是政府工作人员。我说："还是先看看黄河，黄河是我们的母亲河，今生不看遗憾啊！"这位来自西府的朋友不由动情地点点头："是啊，不看黄河，遗憾！"

看来是我的话引起了这位朋友的共鸣，其实怎能说引得他动情的只是我的话呢？实实在在是黄河的魂魄深入每一位炎黄子孙的魂魄里了。提起黄河，谁能不动情呢？

黄河流经九个省份，从遥远的青藏高原发源，浩浩荡荡，沿途又吸纳诸多河流之水，形成了北方蔚为大观的最大水系。而这条水系所过之处，又被人们称为黄河流域。黄河流域应该是中华民族最早的发祥之地，因为在远古、中古，黄河流域一直是农耕文化发达之地，也是中华传统文化诞生之地。在黄河流域，产生了儒家、道家、法家、农家、墨家、纵横家等诸子百家学说，而这些学说又通过不断流传，影响到了长江流域，甚至流传到了更广的区域，成为支撑中华文明天空的柱梁。

黄河自诞生起，经历了多少万年，多少坎坷，多少风雨，其间在她的身边又涌现出了多少可歌可泣的民族英雄，涌现出了多少悲壮凄美的历史故事！因此，走近黄河，就是走近一本大书，就是走近我们民族的魂魄。临近她的身边，我们何尝不是在零距离地感受她的勇毅，她的开阔，她的雄浑，她的壮美，她的激越？走近她的身边，我们何尝不是在近距离地汲取她身上的力量，她身上的智慧与文采，来丰富我们的精神世界，甚至激发我们的灵感，展示我们的才华，激荡我们的情感，抒发我们的热情？

是啊，当我掬起黄河的第一抔水，我就热泪盈眶，这是我们母亲河的血液。我们的先祖，我们的民族，就是汲取着母亲的乳汁发展壮大起来的，继而屹立于世界民族之林。

黄河之水养育了伟大的中华民族，伟大的中华民族汲取着黄河乳汁的营养，又为世界贡献出了多少灿烂神奇的文化！璀璨《诗经》、巍巍《史记》、灿烂唐诗，同时一部《论语》、一部《孟子》又阐释了多少修身齐家治国平天下的道理？而神奇老庄、鬼谷子又何尝不是阐释着另一种生活智慧和生活方式？诞生于黄河流域的儒道思想不知又影响了多少代文人士子的灵魂风骨，它们何尝不是默默地建构着我们民族的精神大厦？历经多少朝代，多少风雨，它们在古代，在当今，都是文人士子们的精神图腾。

到黄河这儿，不妨踩一踩黄河泥滩。黄河到了这儿，不再急躁，不再咆哮，不再汹涌澎湃了。在禹门口黄河发了一次雄威，当黄河冲出狭窄的山谷时，河道一下子变得平坦了，开阔了，水流变得平缓了，温柔了，悠闲了。在枯水季节，我们还能有幸乘坐黄河轮船来到水中裸露的泥滩上踩一踩，跳一跳，让我们胸中的激情迸发，让我们激越的情感得以疏泄。

是啊，黄河，您太伟大了，您有悠久的历史，您有悠久的文明。今天，当来自不同地区的炎黄子孙站在您的面前，他们是多么地激动，多么地心潮澎湃，多么地热血沸腾。您厚重的河床我们看到了，您浑浊的河水我们看到了，您经历的多灾多难我们也看到了。黄河，您以您的慈爱哺育了中华民族，哺育了一个坚强的民族，让她雄立于世界的东方。作为炎黄子孙，我们热爱您，感激您，当然我们更要感恩您，我们要拿出自己的行动保护您——我们的母亲河，呵护您——我们的母亲河。

在这里，我们也看到了，秦晋大地紧紧地由您联结在一起。您的东边，也是宽阔的川地，肥沃的土地，还有那连绵不断的群山。再向前，我们看不到尽头，您多么像一条巨龙浩浩荡荡奔向东方，流向更广阔的地方。最终，您流向那茫茫的大海，拥抱那广阔的海洋，而又永远生生不息。由此，我终于领悟了一个道理：做人，就要像黄河一样，永不停歇，永不后退，与大海相容，面向一个更广阔的世界，才能永远生生不息，才能永葆生机。而我们的民族，何尝不是这样的呢！

黄河古渡

黄河古渡，位于老潼关城之滨，昔日是高城深沟，箭楼耸立，雄兵把守。因其为三省咽喉要道，故雄关锁钥，千古驰名。昔日八景之一的“谯楼晚照”即是其逼真写照。

那是一幅很写意的画面：一位唐宋装束模样的文人双手背后，神情肃然。他站在古渡之滨，倾听着身旁的波涛汹涌声，凝视着落日晚照下的悠悠古城，双目炯炯，遥望远方沉思不语。看那雄伟的潼关古城一边依仗着黄河天险，一边依靠着悬崖峭壁，真有“一夫当关，万夫莫开”之险。此幅画极易将人们的思绪带到那潼关古城之中。可惜的是曾经的城墙不再，昔日雄关虎踞的诗意也不复存在，但是，致力恢复老城之“雄关虎踞”的景观正在筹建。站立于黄河古渡之旁，抬头仰望，便能看到新建的潼关古城的一角，那屹立于山崖上的高高箭楼正在虎视眈眈地俯视着连霍高速上川流不息的车辆。在它的脚下，便是三省通衢的要道，也是万里浩荡的黄河，假以时日，“谯楼晚照”的浓浓诗意是不难体会到的。当然，面对大河，面对沧桑历史，稍有点家国情怀的人们又可以让思想充分展开翱翔的翅膀，抚今追昔，畅想未来。最后，在紧张之余，也不妨到那充满悠悠古韵的黄河纤夫之家，在那里享受一下悠闲的时光。

黄河纤夫之家是人们的诗意命名，这里已建成了水上酒店。来到这里，主人会热情地招待你，像招待贵宾一样请你在登阁楼临窗而坐。她会热情地推荐这里的特色菜品——黄河鲶鱼汤。“不喝黄河鲶鱼汤就算白到黄河古渡”，这样的说法引诱着你必须买单，奢侈一把，品尝品尝那正宗的黄河鲶鱼汤。不了解鲶鱼习性，还以为鲶鱼是可以养活的，但主人说“鲶鱼是养不活的，都是黄河里捞的”。到底能不能养活，我没有考证，姑且就以他们所说为真吧。

好吧！今天就坐在船上，品尝一下黄河鲶鱼汤的美味，船舱外，浩荡的黄河水携卷着万古泥流滚滚而来。时值初春，加之雪后降温，河面漂浮着无数的冰凌。这些冰凌时而碰撞，时而融合，发出“沙沙沙”的声音。它们顺着涌动的激流，打着旋儿飞速驶向远方，这让人感到黄河的深不可测和浩荡苍茫。“九曲黄河万里沙，浪淘风簸自天涯。”“黄河远上白云间，一片孤城万仞山。”见此情此景，诸多诗句一下涌上心头，但我还是最喜欢李白的“黄河落天走东海，万里写入胸怀间”，远望，黄河看不到头，看不到尾，气势豪迈的黄河一下子扑入诗人的胸怀，景情如此契合，令人心神摇荡啊！忽然，我感到船在前进，在漂游，我忙对服务员说：“你们的船是在前进。”服务员狡黠地笑着说：“你出来看看，就知道了。”我忙走出船舱，一看，船哪里在动！船不是仍牢牢地拴在岸边吗？“是错觉？不对，是参照系变化了，这不正是物理上的相对观吗？”“卧看满天云不动，不知云与我俱东。”我忽然想起了古诗里的辩证法。哦，原来船在前进的原因是我以眼前的河水为参照，故而感到水不动而船在动。“静观流水水不动，原是船儿向前行。”我忽然灵机一动，得了一妙句。得了这样的诗趣，我更加喜欢船家的聪明创意，我为今天临窗品尝黄河鲶鱼的悠悠诗意而更加得意扬扬。

当我还沉浸在浓浓诗意之中，忙不迭地拍摄眼前充满诗情画意的风景之时，主人已经把热气腾腾的黄河鲶鱼汤端了上来。“先生，请品尝！”服务员热情的招呼一下子把我的思绪带回眼前。看着热气腾腾的鲶鱼汤，热气里都飘散着浓浓香味，我不禁有点津液满口了，拿起筷子，品尝一口鲶鱼肉，真是个香！再拿起汤勺，细抿一口，真是满口生香，余味绕口……

眺望着窗外浩荡无尽的黄河水，在温暖如春的船舱里慢慢品尝正宗黄河鲶鱼汤，体味着“船动水不动，水流船不动”的浓浓诗意，感受着“黄河入海流”的沧桑古意，我不禁迸出“美哉！黄河古渡”的感慨。是啊，游览黄河古渡，眺望黄河浩荡风情，听涛声汹涌，看冰凌激荡，观洲中芦苇，品黄河鲶鱼汤，诚为人生之趣事！

处女泉记

合阳处女泉地处洽川镇东南方向。这里山环水绕，环境优美，风景怡人。四周既有烟波浩渺、水波泛动的万亩芦苇，也有“接天莲叶无穷碧，映日荷花别样红”的千亩荷塘。这里，俨然一幅江南水乡的画面，尤其可爱的是那一汪清澈的处女泉。

处女泉周围绿竹环抱，绿树掩映，水面碧波荡漾，清澈可鉴，似一块玲珑剔透、晶莹可爱的璧玉镶嵌在洽川大地上；又恰似少女明亮清澈的眼睛，装饰着这一块得天独厚的钟灵大地。处女泉泉水的清冽吸引了八方游客，同时吸引了一些难以见到的珍禽异鸟。游览此地，不泡一泡泉水，亲身体验体验泉水的清凉怡人，可以说是白来一趟。当你穿上泳衣躺在泉水里的时候，虽然头顶是炎炎夏日，但丝毫感觉不到炎热烦闷，因为泉水的清凉怡人可以带给你很多舒适和惬意。这时，只要套上泳圈，就可以大胆向深水区游。深水区里的泉眼很多，也很大。接近泉眼，你可以放心接受涌泉的按摩，感受泉水的冲击力。泉眼处的水不光像调皮的小孩子一样摩挲着你的脚，而且泉涌沙动还有一种特别的吸附力。不过，不要怕，只要套着泳圈便万无一失了，况且，周围还有水性相当好的管理人员，他们也会给你壮胆子的。

泉水不光可以消除暑热，消除旅途的疲劳，而且还可以起到健身作用。据说，泉水中含有丰富的锶、铜、硒、氮、磷、钾等元素，经常沐浴，可以祛病健身，益寿延年。这时，游在水里，你可以选择全身心地放松，让思绪神游万里，也可以徜徉在诗文之中。如果说“温泉水滑洗凝脂”很美的话，在这里就可以充分地感觉到。你只要细心看一下，就可以看到泉眼喷涌的状态，那真如大作家老舍笔下的趵突泉一样，“冒，冒……”涌现着无穷的活力，传达着不竭的力量。这就是大自然的伟力，大自然给人类的特别馈赠。

游客多时，常常还可以看到游人们打水仗的情形，你撩一把水，他撩一把水，把对方淋得湿漉漉的，却都一点儿不介意，反而兴致勃勃，水面上充满了嬉闹的欢快声。有时，你可以选择静静地躺在水里，仰望长空，看百鸟盘旋、翻飞，听鸟儿唱动听的音乐。仰望湛蓝无垠的天空，你可以欣赏悠悠白云，感受凉凉夏风，倾听夏蝉长鸣，感受泽国带来的惬意与优柔，感发思古之幽情。据说“四圣母”——禹的母亲，商汤的妃子，周文王的母亲太任、妃子太姒，她们的家乡都在这里。《诗经·关雎》篇据说也出自这里，因此洽川胜地也被学者冠以“中国古典爱情诗之乡”的美誉。而洽川当地过去有这样一个古老的习俗：姑娘在出嫁之前都要由母亲或姐姐陪同来这里洗澡，在蓝天白云下，躲在绿色的屏障中，让清纯的泉水洗去全身的灰尘和萎靡，去迎接人生旅程中最幸福的时刻。也许是得益于“童贞泉”灵气的津润，洽川自古以来多出才女。太姒即是其中的佼佼者。

无论这些说法是否准确，都表现出了人们对这一片山水的热爱。所谓的人杰地灵，不光体现了人的杰出，而且也体现了奇异的山水对人的哺育作用。因为自古有山有水的地方都是人才辈出，黄河文明、长江文明、尼罗河文明，世界各大文明哪一个不是从水边诞生？“万亩芦苇风掀起，童贞泉里水凝脂。华清只供帝王去，哪及平民乐游此。”这是十多年前贾平凹游此地时的有感而作。在封建社会，也许尊贵的华清池只是帝王家的休闲之地，而和华清池相比，处女泉也许就是普通老百姓的天馈之物了！而如今，无论是华清池，还是处女泉，早打破了这一层藩篱，向全国人民开放了。

烟雨同州湖

节后周末，独自一人漫步在美丽的同州湖畔。此时，秋云氤氲，微风轻拂，垂柳依依。美丽的同州湖，笼罩在一种欲雨未雨的朦胧状态中。

我沿着湖岸缓缓散步，因了天气原因，或者是国庆假刚刚收罢，游人寥寥无几，稀稀拉拉，美丽的同州湖显得清静了许多。

在这样的氛围里，无须多想，很快我就沉浸在同州湖美丽迷蒙的景象之中了。烟雨蒙蒙，秋水含烟，一切似乎都很清晰，然而又似乎很朦胧。天空中时不时有几点雨水轻轻挥洒，无疑为美丽的同州湖笼罩上了一层薄薄的面纱，正如美丽的蒙着面纱的女子。烟雨中的同州湖愈发让人遐想，让人迷茫。

沿途遇到不少的小石雕，个个栩栩如生，让人遐想无穷。比如，一位背着荆条的莽汉正跪在一位长者的面前，面带愧色，抱拳作礼，而这位长者却似乎毫不介意，正弯着腰笑眯眯地用双手扶起这位面带愧色的汉子。看到这种情景，我想，稍有文化常识的人都会想起一个成语“负荆请罪”。

负荆请罪是《史记·廉颇蔺相如列传》中的故事，从这个故事里，我们可以充分感受到古代杰出人物高风亮节、宽怀大度、有错就改、顾全大局的思想境界。无疑，这些人物是永恒的，是我们民族的精神瑰宝，因为其中蕴含着中华民族优秀的传统文化精神。

在烟雨的、寂寥的同州湖畔，有了这些石雕，我的内心不再孤独，不再寂寞，不再彷徨。文化是温暖人心的精神食粮，也是启发教育人心向善、向真、向美的标杆。在任何时候，尤其是在物质文明高度发达的今天，我们更不能只盯着“钱”看，我们要有文化的追求，要有美的追求。前人为我们创造了美好的、丰富多彩的文化，自然，我们责无旁贷地要去继承这些美好的东西。但是，仅仅继承还是不够的，还应当去创造，我们总不能站在祖先的面前毫无愧色，却让祖先指着我们说：“瞧，这些无能平庸的后辈！”是的，我们还应当有点贡献，不能坐吃山空，更不能让子孙后代去指责我们的平庸与无能。这就是创造的责任。

而这些，正是烟雨中美丽的同州湖景色带给我的启发与思考。无疑，同州湖的设计者们是非常睿智的、聪明的。他们也许不仅仅是在造一个美丽的同州湖，他们似乎也在营造一种文化的启蒙。而这，在烟雨蒙蒙中，在无比清寥的阴雨气氛里，无形中让我感受到了他们的匠心与智慧。

是的，每一处丽景，都有它无比迷人的所在，然而，真要欣赏和读懂它们，的确还需要这么一个烟雨的天气。在这样一个寂寥而又清静的环境里，我觉得人与自然融合了，人的内心宽广清澈了，思想也丰富了。

这美丽的、烟雨中的同州湖，感谢这难得的烟雨！

明眸同州湖

同州湖的出现亮丽了一座城市。如果要把这座城市比作一个美人的话，那么，同州湖就是这位美人夺人的明眸了。

清亮亮的水，明镜一般的湖面，倒映着夕阳、湖柳、小亭、长桥、沙鸥、游人，还有那着红装的新娘。在晚霞的映衬下，同州湖像微醺的新娘一样，焕发出夺人的光彩。为了欣赏这难得的夕阳晚照，我一个人静静地沿着湖岸行走，仿佛行走在李商隐“夕阳无限好，只是近黄昏”的意境里，也仿佛行走在苏轼“欲把西湖比西子，淡妆浓抹总相宜”的诗句里。

同州湖虽无西湖的秀丽迷人，但也自有北国丽人的别样风情。浩渺的水面荡漾着一层一层波纹，微风过处，形成一丝丝细细的涟漪，仿佛舞女舞裙上一层层卷起的皱褶，煞是好看！岸边的垂柳在夕阳的照耀下也为湖水增添了一层静谧的色彩，弯弯的、柔柔的细柳轻抚着水面，仿佛母亲温柔的手轻轻抚摸着孩子的脸蛋。晚归的白鸥在碧蓝的天空上下翻飞，在夕阳的辉映下仿佛在打造“落霞与孤鹜齐飞，秋水共长天一色”

的梦境，也似乎要把“双翅一翻，把斜阳掉在湖上，让那头白的芦苇，也妆成一瞬的红颜”。看着这画面，我不禁悄悄地拿出了相机，摄下了这动人的一幕。

恰好，面前走来一对新人，他们正手挽手走上那长亭，要在晚照下留下那美好的瞬间，而跑在他们前面的摄影师则忙得不亦乐乎，一会儿让他们肩倚肩，一会儿让他们手挽手……新郎雪白的西装与新娘亮丽的红裙恰好形成了鲜明的对比，他们的突然出现仿佛就是为了装饰这美丽的同州湖，不知道是他们装饰了美丽的同州湖，还是美丽的同州湖装饰了他们。眼前的这一幕，忽然让我想起了“明月装饰了你的窗子，你装饰了别人的梦”的诗句。

夜幕渐渐垂了下来，同州湖也仿佛渐渐进入了梦乡。四周忽然亮起了璀璨的灯光，仿佛母亲为子女守夜一样，温暖的灯火为同州湖驱走了黑暗，驱走了孤单与寂寞，更为同州湖增添了白昼所没有的动人景象。

月朦胧，鸟朦胧，灯光更朦胧，在如梦如幻的意境中，美丽的同州湖仿佛进入了“烟笼寒水月笼沙”的迷人睡梦中。

怀念那条消失了的河流

我是固守这块土地的村庄，我存在了多少年？八百年太短，二千年太长，论岁数，我比村子里任何一棵树的寿命都要长。当然，要说寿命最长的，我还不是第一个，应该是我身边的那条小河。自从我诞生起，那条小河就已经存在了。至于它有多少岁数，我也记不清楚，只是隐约记得，我的父辈经常在我的面前赞叹这条小河，称这条小河是他们的“生命泉”，他们组织人力围堰，打坝，建渠，把我周围的土地耕耘得五谷丰登，人畜兴旺。

当然，在我的记忆中，也有小河不断泛滥的时候，那是在一个个暴雨频发或阴雨连绵的季节，由于雨量的增大，我身边的这条小河渐渐地变得粗犷起来，像发怒的君王，像狂舞的长龙，它一边汹涌澎湃，一边激情荡漾。它浩荡的情感甚至有时自己也控制不住，于是，它身边的土地，就形成了一片沼泽之地，淹没了部分庄稼，甚至曾经也威胁到了我的生命。在漫漫岁月里，我清晰地记得我的先民们率领全村老少组织抢险的情景。那个时候，他们日夜警惕，夜不能寐，死守着我身边的最后一道防线。因此，在我的记忆中，这条小河还算温顺，除了最狂怒的时候有点吓人以外。只是，每每在洪水过后，总能听到一些地方发生水灾的消息，也经常出现难民逃荒要饭的情景。可是，在我的身旁，围绕我的这条小河从来没有发生过危害先民生命财产安全的问题。先民们认为这条小河有灵性，像神灵一样呵护着他们。他们曾建立河神庙，每年都要祭祀我身边的这条小河，因为它除了在史上最严重的洪水季节吓唬过他们，警示他们要有危机意识以外，从来都是点到为止，不做出伤害他们的事情。因此，先民们觉得这条小河是上天赐予他们的福气。因为更多的时候，小河赐予他们的都是五谷丰登，年年有余；尤其当发生严重的旱灾时，小河又是他们的救命神，人们利用河水灌溉，保障人畜饮水，彻底保障了先民们的生命安全。你说先民们能不把它称为“救命泉”吗？

当然，这条小河除了带给我的先民们物资滋养外，更多的时候，小河给他们带来的是诗情画意。我的先民们喜欢这条小河，不仅因为在这条小河周围遍生的青青芦苇、离离野草、姣姣荷花，招来了那些可爱的、飞来飞去的各种鸟儿；在这条清清小河里，还时常有吐着气泡的鱼儿自由漫游。人们也时常看见那些小小的虾米在水里自由游弋，当然还有那些一到黄昏时候就歌唱不已的青蛙。无论春夏秋冬，这条小河到处都是一片美丽的风景。春天，人们咏唱着“小河里的冰融化了，哗哗地流，唱着一曲快乐的歌儿向远方奔去”。夏天，人们歌唱着“青青的芦苇是鸟儿们的天堂，这里是孩子们打水仗的乐园”。秋天，人们吟唱着“稻花香里说丰年，听取蛙声一片”。冬天，孩子们写道“一场大雪覆盖了河面，不久河面就凝结成了一层白霜，煞是好看”。有河，自然有桥；有桥，就自然有故事，有一段邂逅、一场艳遇、一场风情，于是，一个爱的巢穴就诞生了。《蒹葭》里不就记载了这里的故事吗？“蒹葭苍苍，白露为霜。所谓伊人，在水一方。”这就是对这条小河的永恒咏唱。看来，几千年的河流文化积淀，使这条河流不光成了我的先民们物质食粮的来源，而且渐渐地也成了他们精神文化的图腾。

从我的土地上走出去的先民们、后人们，有成为卓越政治家的，也有成为卓越艺术家的，也许在他们热血沸腾的血脉里，都离不开我身边这条小河的滋养，都离不开这条小河给予他们的智慧和灵感。是的，他们的风云叱咤、风流岁月、峥嵘人生，其出发点都源于这条小河的哺育。小河启发他们要拥有像它一样的无私奉献精神，小河启发他们要有像它一样的绵绵爱国情怀，小河启发他们要有像它一样火热的激情和澎湃的胸怀。由此，他们才做出不平凡的业绩，史书记载，丹书流芳，被学子案头咏唱。

可是啊，历经岁月的洗刷，围绕在我身边的这条比我寿命还长的清清小河却日渐枯萎，乃至露出它龟裂的河床。而环绕它身边的美丽风景，自然也就荡然无存了，更严重的是，这条美丽的小河，它所承载的精神意义，只能在过往的书卷里去寻觅了。再见了，那条围绕在我身边的美丽的清清小河，我只能在记忆里与你“把酒话桑麻”了。

逐水而居

今夜，我有幸临水而居。临水而居，让我有一种梦居江南的感觉。江南至今都没有去过，更谈不上居住了。诗文里对于江南的描写总是湿漉漉的，不论是周作人的《乌篷船》，还是白居易的《江南好》，梦里的江南总是桨声灯影、小桥流水的，后来在画家吴冠中的江南风情画里看到的也是白墙灰瓦的一檐檐建筑，而环绕四周的则是一湖清清的碧水。虽没到过江南，但江南在印象里却已经是湿漉漉的水乡了。“仁者乐山，智者乐水”，很想做一回智者，更想梦回一次江南。而今夜，虽不在江南，但滨水的感觉，就是水乡江南了。

我住在江南了。不是吗？拉开窗帘，你看，暖暖的秋阳从透明的玻璃窗里透射进来。映入我眼帘的不正是一池又一池的清清湖水吗？在阳光的照射下，我不是清晰地看到了那闪闪发光的水波了吗？孟浩然有“气蒸云梦泽，波撼岳阳城”的诗句，这里的水自然没有洞庭湖水的浩渺和波澜壮阔，但是那静静的淑雅的样子多么像一位江南的女子，温婉而素净，独守一隅。湖水是清冽的，清冽到如翡翠一样，也许这是周围芦苇的倒影，也许这是水底碧绿水草的衬托。不管怎样，环绕于我四周的都是静静的湖水，静静的女子一般的湖水。我以为我到了江南。

乘船走过去，沐浴着软软的秋风，只怪这船走得太快。是啊，应该坐一只乌篷船，缓缓地前行，缓缓地品味，或看四周蓬蓬勃勃的芦苇，或看那空中翻飞的白鹭鸟，或看那一缕霞光，看火烧云，看鱼鳞般的云彩变幻。同乘船的是两位年轻的妈妈，都带着自己的小孩，小孩子们也乖乖地穿着救生衣，静静地坐在妈妈的身旁。而两位年轻的妈妈，都沉醉在这风光旖旎的江南水乡里了。她们红红的脸颊漾着幸福的笑容，漾着对明天美好生活的期盼。小艇像一条飞快的鱼儿，穿梭在水网密织的水道中，技术娴熟的驾驶员操纵着小艇的行进方向，左一拐，右一转，仿佛在密密的芦苇丛里捉迷藏，打游击。而我们也看得眼花缭乱，目不暇接，对于忽然出现的水域常常发出惊奇的赞叹。人说有八百里的水泊梁山，那又是一种怎样的风致？到了这里，水连着水，山连着山，看不到边，望不到尽头，这里真也要胜过八百里水泊梁山了。

沿湖边是三五个垂钓的游人，那悠闲的样子简直要和湖水融为一体了。看着如此优美的画面，我禁不住高兴地站了起来，风从我的耳边呼呼刮过，一苇一苇的小洲从我的眼前掠过。我禁不住问："船能不能停到小岛上？""不能去的。"开艇人严肃地说，"岛上也有一定的危险，说不定就有沼泽暗坑。"看来还是我浅薄，于自然的知识知道得并不多。据说曾经有两位年轻的恋人，因为没有听从禁令，结果落水而亡。可惜年轻的生命，就是出于一时的高兴，自以为不会有什么事情，但是到了最后还是无法战胜湖水，葬身湖底，这不能不说是个悲剧。发生这样的事情，除了能引起听者格外的注意，更能引起人们对于水的敬畏。是啊，历来水火无情，正是人们所谓的"可远观而不可亵玩焉"。

下得船来，听管理员们说，这里到了夏天风景更美，不光有很多很多的鸟儿，还有那万亩荷塘风吹荷花香的风情呢。可惜，现在是秋天时节，鸟儿们有的已经南迁了。而荷塘呢，也已经是“留得残荷听雨声”的风致了。于我而言，倒没有什么遗憾的，因为我终于发现了这一片江南的风情了。今夜，我终于可以守着这一片水乡与它相拥而眠了。

清晨，一阵阵鸟儿的喧哗声惊醒了我，我透过窗户向湖水望去，湖水依然静静的，像极了一幅油画。而在它旁边的密密芦苇多么像一面面随风飘扬的旗帜，在晨曦中形成一道别致的风景。

“蒹葭苍苍，白露为霜。所谓伊人，在水一方。”临水而居，这水，不就是我心中的伊人吗?

第二辑　烟雨江南

梦里江南好

我是一个北方佬，是黄土高原上的汉子，可对于江南，我是无时无刻不在热爱着她。到底是什么让我日日夜夜为她痴迷，为她倾心呢？也许，是距离造就的美，是想象造就的美，是一篇篇诗文造就的美；也许是江南水乡吸引着我，是江南的白墙灰瓦吸引着我，是江南小巧秀丽的园林吸引着我；也许更多的是江南如诗如画的自然美景和人文美景吸引着我。江南，在我的心目中，就是一幅画，一首诗，一方静谧，一方家园。

江南是水乡，那枕河而居的江南小楼一定充满了诗意；临窗把盏，映入眼帘的是一条条像小鱼儿一样穿来穿去的江南小船。那小小的船上，不是承载了一篓活蹦乱跳的新鲜鱼儿，就是承载了刚刚从集市上采集的带着晶莹露珠的蕨菜儿。摇橹的人或是一位戴着斗笠、衔着烟斗的饱经风霜的老人，或是一位戴着蓝印布方帕的大嫂，在他们慢悠悠的或者轻巧麻利的动作里我看到了江南人家的生活韵味。老人的慢透着对于生活的欣赏，头戴蓝印布方帕的大嫂的麻利急促让我读到了平常人家生活的不易。这种慢和快连缀起来就是江南的真实风景，江南其实并不全是世外桃源般的优哉游哉，她也包含着普通人家柴米油盐酱醋茶的平民生活。这倒是真实的江南，这样的生活我都喜欢，我喜欢饱经风霜的老人那种慢中透出旷达和悠闲的生活，我也喜欢戴着蓝印布方帕的大嫂那种柴米油盐里的普通人家的苦甜生活。假若有这样的时日，我也愿意像他们一样摇着橹儿穿梭于江南水乡的小巷里，体验一下平淡而滋润的生活。这样的生活，像梦一样吸引着我。于是，我不知不觉就陶醉在这样的画境里了。

其实，更吸引我的还是那一篇篇美丽的诗文。写江南的诗文有多少，恐怕是难以统计。无论是文化巨擘还是名不见经传的文人，江南在他们的笔下都是异乎寻常的美丽。江南的春夏秋冬在他们的笔下风情万种，江南的山水在他们的笔下光彩夺日，江南的人儿在他们的笔下聪慧俊美。“江南好，江南好，风景旧曾谙，日出江花红胜火，春来江水绿如蓝，能不忆江南？”白乐天的一篇《江南好》让人传唱千年，牵引着无数爱着江南的人的美好情愫；更有“二十四桥明月夜，玉人何处教吹箫”的怀旧诗篇令人动容；姜夔的《扬州慢》也是那样的凄婉，令人牵肠挂肚，一句“念桥边红药，年年知为谁生”竟然令人感伤千年。江南于是成为文人的江南，文人于是钟情着江南。江南与文人的契合不知什么时候成了一种割舍不断的情结。于是，一代代的文人踏江而来，寻觅梦中的江南，梦中的伊人。也许，在他们漫游了江南的山山水水之后，对于江南的韵味依然是那样痴迷，因为江南的美是自然的美和人文的美相结合的美，那是一幅永远都读不透读不厌的如蒙娜丽莎迷人的微笑一样的美。正是“所谓伊人，在水一方”一般的惆怅和思念啊！

我惦恋着江南。

诗意的周庄

不敢到周庄去，生怕一去就惊扰了那一份宁静。宁静是有诗意的，宁静姿态下的周庄一定是一位温婉多情的江南女子。那温婉多情的江南女子啊，一定是水一样的忧愁，水一样的明媚，水一样的清纯。

幸好，周庄是一个交通不便的古镇。否则，她那水样的忧愁，她那清新的明媚，她那透明的清纯就要幻化成光艳夺目的现代女郎。而我，接受不了这样的嬗变。我喜欢她那缓缓的时光脚步，喜欢她那悠悠渡船，喜欢她那古色古香的粉墙黛瓦，喜欢她那水巷幽窄、山墙起伏、宅院四合、枕河而居、夹岸为街、水陆两宜的小桥流水的闲适意境。倘若我有来生，我一定会选择周庄，这样一个清幽恬静、温馨怡人的居住环境。

现代人急匆匆的脚步焦躁到不能停下，手机聒噪的信息几乎麻醉了迟钝的双耳。另外，还有我们的心灵，我们的心灵已经庸俗到缺乏水样的灵性。我们已经失去了青葱的绿意、明澈的眸子。是什么蒙蔽了原本聪慧的心灵，是什么吞噬了原本生机勃勃的慧根？

不是现代化的过程，把什么都归咎于现代化的过程是一种走极端的错误；也不是现代生活中的竞争，把什么都归咎于现代生活中的竞争那是寻找借口。我们的问题，是在短暂的业余时间里沉浸于庸俗的娱乐活动；我们的问题，是在生活的休闲时刻对生命时光的肆意浪费。

倘若我们能在休闲之余，捧起一本书，最好是散文，那么，也许我们逐渐麻木了的心灵也会泛起一丝涟漪，牵起一缕感动，引发一丝念想；也许我们那已不再灵敏的耳朵也能聆听到天籁之音；也许我们那干涩的双眸也会晶莹而清澈。

想要这样的心境，就到周庄，到周庄感受她的明媚，感受她的清纯，感受水样的忧愁。不曾忘记当代散文家王剑兵先生的《绝版的周庄》，那飘逸的笔墨里，周庄竟然是一位超凡脱俗的绝世佳人。难怪三毛临终都在念叨周庄、周庄。周庄那水样的忧愁，令她难忘；周庄那清新的明媚，让她忧伤；周庄那透明的清纯，让她怀恋。

周庄，尘世有了周庄，竟让那蒙垢的心灵得到了洗礼；周庄，尘世有了周庄，竟让那江南大地有了一双明眸。周庄的美是古典的，正如王剑兵散文里所写，那是一位绝世的古典秀女，羞涩几分，清纯几分。与江南驰名的秦淮河相比，秦淮河多了脂粉味，多了风尘味，多了感伤味，多了亡国味。而周庄远不是这样，她像一首诗，清新而淡雅；她像一幅画，高雅而古朴；她像一首曲子，悠扬而多情。

周庄的水含情，她像一缕缕温馨的丝绸，让你裁剪出你瞳孔里闪耀的美丽；周庄的一砖一瓦也含情，她让你在斑驳的色调里沉思于悠久的岁月，古老的日子；周庄的小桥更含情，她让你在缤纷的思绪下遥想一个美丽的传说，一个关于爱情的故事；周庄镂花的格子窗，会让你不经意间遐想一个浅浅的笑容；周庄的小巷，幽窄深远，好像已把历史的经卷和历史的足音静静地收拢、保存，就等你慢慢地品味、徜徉、遐想。

让我们永葆读书的雅趣逸情，让我们的心灵与周庄的山山水水、一草一木融合。让我们的心灵在这样的宁谧、明媚、清纯、水样的忧愁里得到净化和升华。

烟雨漓江

一

漓江是美的，烟雨中的漓江更美。走出桂林城外，一幅水墨山水画扑面而来。啊！那是我心目中熟悉的漓江秀美图。漓江，这片神奇的山水，不知在我的心头荡漾了多少个美丽的日子，是在吴冠中的《烟雨漓江》图里，还是在无数个文人画家的笔下？总之，说不清道不明，对漓江的爱慕之情始终萦绕于怀。

久不见漓江，可并不因之而陌生，就像倾慕心目中的图腾一样，并不因为距离的遥远而生疏。虽然这是第一次拜读漓江、亲近漓江、品赏漓江，可是在我心目中漓江被我品味了千百遍，甚至一万遍。因此，即使是第一次接触漓江的烟雨、感受漓江的山水，可是感觉中，仍然觉得漓江非常的熟悉、非常的亲切、非常的怡人。向往漓江，是多少年来的梦想，是埋藏在心底多年的夙愿，常常感觉漓江正是那烟雨迷蒙中的“所谓伊人，在水一方”。亲近了，目睹了，可是还是这样的感觉，我不知何时才能揭开漓江的美丽面纱。

也许，迷蒙一点更好，朦胧一点更好，漓江的美让我不忍心揭开心中的谜底，我宁愿让漓江在我的心底，在我的眼底，永远保持那样一种影影绰绰、迷迷蒙蒙的感觉。漓江，我走近了，还是那样一幅美丽的画，还是那样一首朦胧的诗，还是那样一首令人惆怅的歌。漓江，你的美是永远的谜，就像蒙娜丽莎永恒的微笑一样，耐人咀嚼，耐人品味，令人向往。

漓江啊！我不知是迷恋你那清清的江水，还是迷恋你那秀美的山峰！曲曲折折的江水像一条飘拂的绸带，蜿蜒蛇行在崇山峻岭之间，画出了一道美丽的弧线。那是漓江仙子的长袖舞，还是莲步轻移、水袖挥舞的仙子们在敦煌的壁画上跳出的优美的飞天。一道道弯，就是一幅幅奇异的景；一座座山，就是一幅幅奇异的画。漓江的美，让我感叹，纵使那些钟情于丹青的大家，终其一生也难以把她的美完全表现出来。是啊！漓江的美也常常使他们迷惑，使他们迷恋，使他们沉醉，使他们保持一种神圣的感情。

二

透过船舱，我看到悠悠的江面，江水青碧透彻。远望，江水浩渺，行船幢幢。我们的轮船终于启航，我期待的心情随着轮船的前行愈来愈强烈。是啊！诗人们笔下的漓江是云里雾里的仙，是一幅山水相映的优美迷人的水墨巨画。这眼前的江水，沿岸崔嵬的翠峰，不正是诗人们眼中的画吗？真是山水美如画，人在画中游。我们的轮船不正是那些岸上人们眼中的景观吗？

是啊，我也有幸成为这画幅中的一笔。轮船渐行渐远，我们不就像一叶小舟一样飘荡在遥远的江面上了吗？两岸翠峰连天，群峰矗立，像巨人一样矗立在天地之间。浩渺的江水倒映着它们的身影。如此风光，美丽极了！

不知那些善于临摹巨幅山水画的丹青妙手们可曾想到在这一叶远航的小舟上，有过我们活泼的身影。善于拍摄漓江风光的影师们早已调好了镜头，他们在向我们介绍漓江两岸的重要风景。如果少了他们，我们真不知这漓江两岸的座座青山竟然有着如此耐人寻味的称呼。

到了蝙蝠迎宾山，影师一声令下，我们纷纷站在甲板，迎着猎猎江风，听着他的指挥和介绍。影师不提醒，可能我们还真没注意，这一座座山真似一只只张开翅膀的蝙蝠，迎着我们翩翩欲飞。机会稍纵即逝，影师抓住时机，给我们在蝙蝠山前留下了珍贵的合影。

缓歇了一段时间，导游又提醒我们前面就是莲花群，我们个个抬起了头仰望着、端详着，这像莲花吗？果然不假，像莲花瓣儿的山峰从眼前慢慢走来，仿佛从水中冒出一样。大家纷纷拍摄，一个个镜头把美丽的碧莲峰留在了永恒的瞬间……

雨不知什么时候已经停止，云儿也渐渐地四散逃逸。我们就干脆滞留在甲板上，欣赏着漓江沿岸的美丽风景。“看！官帽山”，影师一声喊，我们急忙随着他的手指看去，只见一座高耸的山头映入眼帘。影师说：“这座山就像一顶大官帽，故名‘官帽山’。”“官帽山前留张影，祈祷有个好兆头。”影师蛮风趣地说着。大家赶快排好了队，与官帽山来了一个亲密的合影。

忽然，太阳露出了脸，甲板上温度顿时升高了许多。这漓江上的天，就是娃娃的脸，说变就变，刚才还是薄暮冥冥的样子，可是这一会儿又是阳光明媚了。耐不住热的人们要下到船舱去，影师喝住了他们，说前面就是海豹观天。我精神抖擞地摘下帽子，双手扶舷，在海豹观天处留下了一个美丽的镜头。

沿途真有看不完的景，一会儿是漓江佳境九牛三洲，一会儿是万点山峦仙人石，一会儿又是孔雀开屏拇指山，神笔峰、望夫石、童子拜观音……这离奇的山头引得我们兴致勃勃，也让我们眼花缭乱，站在船头，似乎在看一幅又一幅离奇的风景画，也似乎在听一个又一个离奇的传说和故事。我真要陶醉在这青山绿水中了……

神奇桂林

一

桂林无处不山，山之存在，犹如陕北之沟壑，处处皆有，处处皆是。未到桂林之前，以为桂林的山一定是集中在漓江之处，可是踏上了这一片红土地，才明白自己的认识是多么肤浅。

车子进入了桂林城，不久，眼前就掠过一座山的丽影。带着惊奇想仔细瞧瞧这座桂林的山，可是车子一晃而过，不久，眼前又出现一座山。不过，和前一次所见同样，桂林的山不是那么高大峭拔，巍峨壮观。桂林的山柔和、乖巧，就如城市里造就的高大的盆景假山一样，这儿一座，那儿一座，丝毫不像北方的大山，苍莽浑厚，连成一片，像巨大的屏障一样，形成了一道壮丽的奇观，遮挡住了人们的视线，来往的车辆。桂林的山似乎就是来调节城市气氛、营造山水城市特点的。到了这里，你才明白，山是城市的点缀，城市养在山的怀抱里。

桂林的山真是奇妙。这里的山，从来都不是毫无生气，而是充满了灵动的味道。你看，哪一座山下不是曲水流觞、姿态各异。走入市区，无论是象鼻山，还是南溪山，都有一条江水或者河流环绕其间，山与水的搭配相得益彰，真是巧妙。山因水而灵动，水因山而美丽。走近桂林的山，既能感受山水搭配组合起来的美丽意境，也能领略到山水给予人们的高雅情调。桂林的山生动，不呆板。你看，象鼻山真如一头正在饮水奔走的大象，浑厚的象背，纤细的象鼻，给人无限的生动又富于意趣的遐想。南溪山，像什么？仔细看，像一位学者正俯首沉思，思考着这座城市的未来。桂林的山生动，意趣十足，不仅仅是我这里提到的这两座山。当你打开桂林城市的地图时，那些命名有趣的山就能轻松让你想到这些山的特点。不仅仅是这些山，当你行走在漓江上，吹着凉凉的风，仰望着两岸的山，那些美女峰、五指山、童子拜观音、螺蛳山等，它们一个个形象逼真、形态各异的特点也会让你不得不慨叹，桂林的山真的是造化赐予人间的妙笔杰作。

桂林的山有情有灵，远望那些高高低低、形态各异的山，忽然感觉到这些山就像一群默默的人，他们有的似乎在低头对话，有的似乎在垂首凝思，有几个似乎在开会，商量着什么事情……是啊，造化真是奇妙，把这么多生动别致、有情有趣的山水布置在这里，真是这块土地之福、人民之福，难怪这里往往成为那些追求灵感的艺术家向往的洞天福地。是啊！但愿这块土地能为更多的艺术家提供更多的艺术创作灵感，但愿更多的艺术家能在这一块充满灵性的土地上创造出更多的精致美丽的杰作，为我们的生活增添更多的美好与富丽。

二

桂林冠岩是一个神奇的地方，这里有着天下闻名的瑰丽神奇的溶洞，也有着惊世骇俗的钟乳石奇景。在这里，也许能让你对于“鬼斧神工”“匠心独运”“非人力所能为”等描述有更深刻的理解。

从市内到冠岩，需要一个多小时的行程，沿途可见奇山秀水，听潺潺溪声。秀丽的南国风景为我们的旅途带来了一丝惬意。走过一段繁华的古村落，到渡口，乘轮船跨过美丽的漓江便可到达。而此时，对生活在北国的人们来说，看到如此碧绿的江水，看到如此奇丽的山峰，定会迷醉其间。我们站在船上，拿出相机频频拍照。漓江的奇山异水便被收录到我们的画册里。人是自然的一分子。到了这里，看到每个人脸上的喜悦与笑容，看着眼前美丽的自然风光，我们竟一下子忘记了此时身在何处。船行得很快，导游带着我们下了船，登上山。山上植被茂盛而又多样，行走的路上还是烟雨蒙蒙的样子。可是这一会儿，忽然就天朗气清了，这使得山上格外闷热，亚热带季风气候的特征显著，爬了一段山，每个人的脸上都已汗水涔涔，我们盼望着赶快进入冠岩溶洞。

冠岩溶洞游客不少，我们在导游的指挥下依序排队，然后乘坐山上的电梯下洞。从电梯上我们便可以看到溶洞内的景观，在灯光的衬托下，里面瑰丽多彩，仿佛神话世界，可想而知每个人的心情是何等雀跃了。落到地上，仿佛到了另外一个世界，这时，我想，倘若没有这么多的人，到了这里，一定是心惊肉跳，心都要提到嗓子眼儿了。不多的灯光点缀也是恰到好处，既为我们照了明，也显示出了溶洞里神奇瑰丽的景观。幸好，大家都是安静的，没有人嘈杂，这就为我静心观察这里的神奇景观营造了一个很好的氛围。洞内凉风习习，温度瞬间下降十多度，我们身上的涔涔汗水不知什么时候消失了。这让人舒适极了，看来在炎炎夏日，这里确是避暑的最佳去处，可是谁又能这么奢侈地享用呢？面对此景，这样的想法显然是多余的。不要再想，抬头看看，我的身边、头顶一些奇形怪状的山岩扑面而来，一块被命名为“大鹏展翅”的岩石真的像一只跃跃欲飞的老鹰，那尖利的铁喙矫健有力，像铁钩一样威慑着人们。越向里走，景色越奇，我们不知这深深的山洞到底有多深。人说

“桂林的山，山山有洞，洞洞有景”，在这里也得到了验证。洞上面吊着的钟乳石像极了各种动植物，到了这里，方感觉自己的词汇是多么匮乏，想象力是多么有限。大自然真是一部永远也写不完的奇书，一部永远也品读不尽的大书。最精彩的景色是一块标着“生命之花”的七彩石柱，上面布满了如翡翠、玛瑙一样的“宝物”，璀璨夺目，令人赞叹不已；另有一处置有一把龙椅的人工布景，其后面也是璀璨夺目，景色奇丽异常。人们纷纷在这里拍照留影，记下这在溶洞的宝贵经历。

溶洞下面还有瀑布，走着走着，我们就听到惊天动地的飞瀑声，说这里是另外一个奇异的地方毫不奇怪。人们循着水声来到瀑布前，那飞流急湍足以让人诧异无穷了。飞速的水流发出震耳欲聋的轰鸣，飞起的水花溅在人们的衣服上、脖子上，让人感觉格外清凉。水，给人带来生命的活力，给人带来无穷的想象。“智者乐水”，诚哉斯言。看来这洞府异天真是神仙居住的地方。距离瀑布不远处，是一条地下河，有竹筏在上面来来往往，出于好奇，遂登上筏子，手抚着清清泉水，近距离地感觉那快要触着我们的钟乳石。到达目的地，我们竟然有点迷惑了，看看这里的洞口，那里的洞口，不知所向。这神奇的洞府真不知有多少秘奥！

看来我们实在是很肤浅，像这样神奇之景天下不知有多少呢！也许穷尽我们的一生也是探究不完的，更何况是偶一为之呢？人是渺小的，在大自然这一本奇书面前还是要保持谦虚谨慎的态度，方不会闹出各种笑话。

三

看了漓江的奇山异水，参观了神奇的冠岩溶洞，随后我们便来到了古东爬瀑。瀑布能爬，这还是第一次听说。带着这个新奇感，我们来到了不远的古东瀑布处。

进了景区，听着沿途潺潺的流水声，沐浴着习习的山风，导游便带领我们进了山。进山有两条路径：一是走山下栈道；二是乘坐竹筏。走栈道不用费用，而坐竹筏只需十元人民币。对于北方汉来说，乘坐竹筏也许更有吸引力。于是，大家都毫不迟疑地选择了坐筏子。坐筏子有一番诗情画意，看着那碧波荡漾的清溪，我们何尝不想近一近水呢？看来每个人都有一番诗情，只是有些人善于用文字表达，有些人不善于表达罢了。我真希望每个人都能用美丽的文字把自己的游历记录下来。可惜，毕竟下这样功夫的人实在不多。于是，很多人白白地浪费了游历的资源。不及多想，筏子就漂到了很远处。途中遇到了唱山歌的壮族阿妹，我们递一个山歌起句，那位漂亮的阿妹就动情地唱了起来。悠扬的民歌荡漾在碧波清溪上，连那对面鸣叫的蝉儿听得都如痴如醉，止了鸣声。能够亲耳聆听到这样动人又朴素的民歌真是一种享受，壮族同胞也给我们民族的艺术之画上增添了浓重的一笔。一方水土一方人，哪儿的人民有哪儿的艺术形式，这都是值得我们学习借鉴的。桂林真是山灵水灵人也灵，那充满智慧的歌词真是耐人品味啊!

筏子到了码头，那儿有雕刻着壮乡民族风情的木刻，夸张的艺术表现形式体现出这里人民性格的活泼灿烂。因为要爬瀑，导游为我们找来了草鞋、头盔，着好装束，我们依序排队，准备攀爬。来到瀑布下，只听见“哗哗，哗哗”的流水声。瀑布其实也不大，只是山石较陡，足有十米。幸好在峭石上都有铁链，不然危险性是很大的。有人攀爬，有人放弃。不过，对攀爬的人们而言，还是很具挑战性的。那些喜欢挑战的人们还是选择了体验激情。当轮到我们时，大家都鼓起了勇气，抖擞起了精神，抓住铁链冒着激流踩好脚踏之处，奋力向上攀爬。水流不会因为我们而减缓水势，那惊天的水流声就在我们的耳畔轰鸣喧响，一股股激流飞湍，向我们的脸面、身上冲来。瞬间，我们的衣服全湿了。选择了进攻，就不能后退。冒着激流，我们已经毫不在意衣服湿不湿的问题了。只是跟着前面的人一步一步攀登，纵使刀山火海也不畏惧。瀑布似乎也在跟我们开着玩笑，陡峭处，激流冲着我们，就看我们会不会害怕；平缓处，水流潺潺，似乎在给我们奏着美妙的音乐。好，终于爬上来了！大家松了一口气，继续沿着水流向上。看来草鞋在这里还真是发挥了极大的作用，我们没有人因此而滑倒。

顺着水流，踩着清清泉流下的山石，我们深一脚浅一脚地有序行进。周围是茂密的山林，有蝉儿阵阵不绝的鸣叫声。登上山坡的时候，我们惊险的行程就算结束了。不过，下得山来，还经过了有惊无险的浮桥，那摇摇晃晃的情景着实让人好笑。也有人坐着那飞快的滑索，在山上留下了那惊险的一幕。当我们踏过了惊险之处时，也许每个人的感受是不同的。无限风光在险峰，而经历了艰险考验的人们，也许会对人生有一种别样的感觉。若把这种感觉迁移到人生、工作和事业上来，那就是无尽的财富了。

四

龙脊是壮美的、苍茫的、辽阔的、博大无边的，这是小小的我站在龙脊山上发出的由衷的感慨。

是啊，不到龙脊梯田根本想象不到它是这样：一幅雄伟的画，一幅苍茫的画，一幅足以让人倾倒的画。我是生长于黄土地上的人。在苍茫的黄土地上也有梯田，但在我的印象中，壮美的黄土地梯田与这里的梯田相比恐怕要逊色多了。那么，对没有见过梯田的平原地区的人们而言，一定会比我更惊异于龙脊梯田的壮丽了！

是的，壮丽的龙脊梯田足以让世人惊得目瞪口呆。然而，在这惊呆的背后，人们一定会不由得升起对在这块土地上开垦、播种、插秧、收获，从事各种农事活动的人们的高度赞美了！是啊，自然是伟大的，然而勤劳的人民更伟大。

偌大的大山哟！走过多少弯，记不清，道不明，坐在车上，只是感到车子转来转去，于是，我从车窗向后眺望，只见山深深、雨蒙蒙，河水滔滔不息，龙脊梯田的模样忽隐忽现。到了山上，雨何时停止了，我们竟然不知。穿行在古老的街道上，一幅山乡村寨古镇的图画映入我们的眼帘。竹楼林立，背篓时时可见。别具一格的住宅建筑和特别的民族装饰告诉我们，现在进入了侗寨与彝乡。那些盘一头乌黑头发的家庭主妇更是引起了我们的注意，因为导游事先告诉我们，这里的女人们有留长发的风俗与习惯。烟熏的腊肉高高地挂在门口，这是侗寨人的特色肉品。喜欢做小饰品的男人们在用机器打磨着那些坚硬的牛角，一个个精致的具有壮乡民族特色的装饰品，鲜亮地呈现在人们的面前。我们欣赏着、品评着，睁大了好奇的双眼看着，仿佛到了一个异域世界。

穿过了村寨，迈步走上山路，眼前就是一层又一层直上云霄的梯田了。山高路窄，我们小心翼翼地走着，沿途遍地生绿，处处是宝。水稻笔挺充满了精神，苞谷秆挺直了腰来欢迎我们，豆荚一串又一串像一条条珍珠链，还有我们常见的红薯蔓，圆圆的叶子让我们感到亲切无比。高高的竹子是这里的一景，那从深谷中蹿出足有数丈高的青青翠竹让我流连忘返。竹子是这里的宝，这里的人民离不开竹子。请看，竹楼、竹筒、竹筏、竹筷、竹椅、竹凳、竹床等竹子制品到处皆是，真是“一方水土养育一方人”。

走到半山腰，白茫茫的云气从对面扑来，眼前的竹楼瓦舍顿时掩映在了蒙蒙云雾之中。那如烟如雾的白茫茫云气啊，衬托得大山如同沉醉在仙境里一样。我们抑制不住自己的惊讶之情，纷纷感叹！大山里的云气不知是富有灵性还是善解人意，刚刚升起就很快散开，显现出了梯田的壮美身姿，我们才得以尽情欣赏眼前这一幅幅壮美的图景。

下山归来，不期然遇到了一本心仪的书，书名是《四季龙脊》，打开一看，啊！一幅幅壮美的图画扑面而来：春天里黄澄澄的油菜花漫山遍野，夏天里高低起伏的山塬葱茏一片，秋天里那金黄的稻子如一行行美丽的诗句，冬天里那皑皑的白雪让人万般遐想。啊！壮美的梯田，在艺术家的眼睛里呈现出四季、早晚、农忙、休闲等不同的壮观景色，站在这样的景色面前，我们真的要大喊一声：壮美，龙脊！

五

依照旅程安排，车子接下来前往鉴山寺。鉴山寺傍山而建，寺庙不大，但是因唐代鉴真在此布道而驰名。鉴山寺倒没有什么奇特之处，只与所有寺庙建筑一样。院内烛香缭绕，香客满庭。忙碌的和尚不再念经，而是依次为善男信女解卦推算前程。

千年大榕树就在鉴山寺的对面，不过几步路就到了。远看大榕树一团浓荫，枝干繁茂。走到近前，只见大榕树已经貌似一座小小的树林，原来大榕树的每一条臂膀下都长出了枝干。这些枝干直立，枝条粗壮，有力地支撑起了大榕树长长的臂膀，这使大榕树的生命更加旺盛。忙于做生意的人们争着给游客照相，哪儿有心情欣赏这榕树之美？吵吵嚷嚷的环境早已不适合做这千年“老人”的静养之地，不知道这千年“老人”会不会发怒吼一声。

刘三姐的对歌台也在附近，淳朴的阿牛哥没有见到，刘三姐清脆的歌声也没有听到，游人们只好和刻有“对歌台”字样的石头合个影，算是心理安慰，只好在想象中去赴那一场精神盛宴了。

晚上有大型晚会——《印象刘三姐》，据说不看算是白来一次桂林。宣传图片都非常美，的确有十足的诱惑力。山水真景做舞台的《长恨歌》我看过，不过总感觉看景不如听景，便打消了看的念头。晚上计划静静地把沿途所见所感记录下来，算是没有浪费旅游资源。这一晚，我写了

《烟雨漓江情》一文，感觉不错，内心觉得胜过了观看《印象刘三姐》。

早起，要到遇龙河漂流，行走了一个多时辰后，我们来到了遇龙河。遇龙河河水清澈，山峰碧绿，两个人一个竹筏，划船人兴致勃勃，黧黑的皮肤。我们要他讲讲景点、典故，可惜，他却说不上些什么，这让我们多少感觉有点遗憾，无形中也增添了一点无聊。水儿清清，我们干脆把鞋子脱了，让脚直接感受水的清凉。我们不怕鱼儿咬脚丫子，只可惜连一点鱼儿的影子都看不见。我们问："有鱼吗？"划船人说："有，有的鱼十几斤重呢。"可是看看这河面，来来往往的竹筏子一个接一个，就是有鱼也早都吓得潜到别处去了，鱼儿尚且不见一只半影的，更何况龙呢？我们真是想不明白为什么此河被称为遇龙河。竹筏到了码头处，是一个冲浪的好景地。我们只想拍一张照片，划船人不悦，推说不去了，后来我们干脆让步，说是拍三张，划船人才高兴。于是，我们在水雾中惊呼一片。

最美是凤凰

平生最喜欢李白的诗歌，那种飘逸清新，那种潇洒浪漫，那种纵情放歌，李白真可谓旷古奇有的性情中人。想起凤凰古城，却不知道怎么忽然想起了李白的《登金陵凤凰台》，有一种想吟唱的感觉，于是，喉头不觉得便化出李白的声音：凤凰台上凤凰游，凤去台空江自流。吴宫花草埋幽径，晋代衣冠成古丘。三山半落青天外，二水中分白鹭洲。总为浮云能蔽日，长安不见使人愁。

轻读这样的诗句，忽然有一种想落泪的感觉，不知是为李白，还是为了凤凰古城的沈从文。是啊，即使到了凤凰古城，到了沈从文的故居，也不免有一种"斯人已乘黄鹤去，白云千载空悠悠"的惆怅。最为痴情是从文，年少时读过沈从文给张兆和的信，那是一种怎样的感动，清晰地记得这样两行句子：当我起身时，有两行眼泪挂在脸上。为别人流还是为自己流呢？我自己还要问他人。但这时除了中天那轮凉月外，没有能做证明的人。沈从文给张兆和写了多少情书，我不清楚，但在坊间却落下了"情书圣手"的美名。

然而张兆和也不是那么轻易被感动的人，情痴沈从文一次又一次的碰壁和一次又一次不懈的追求，不由让我想起席慕蓉那感人肺腑的爱情名诗《一颗开花的树》，那是怎样一首读起来让人触动心怀的诗啊，为此，我不能不顺笔写下：

如何让你遇见我 / 在我最美丽的时刻 / 为这 / 我已在佛前求了五百年 / 求佛让我们结一段尘缘 / 佛于是把我化作一棵树 / 长在你必经的路旁 / 阳光下 / 慎重地开满了花 / 朵朵都是我前世的盼望 / 当你走近 / 请你细听 / 那颤抖的叶 / 是我等待的热情 / 而当你终于无视地走过 / 在你身后落了一地的 / 朋友啊 / 那不是花瓣 / 那是我凋零的心

我踯躅于从文故居，打量着这位湘西才子昔日的书案，看着发黄的昔日伉俪情深的照片，想象着昔日的张兆和是如何的妩媚动人、气质脱俗。脑海里不自觉地又蹦出了这位才子给昔日美丽恋人的书信："我就这样一面看水一面想你。我行过许多地方的桥，看过许多次数的云，喝过许多种类的酒，却只爱过一个正当最好年龄的人……"是啊！即使光阴再老，爱情也是不会老的。在沈从文曾经凋零的心里，在几百封执着的书信里，始终盈满对张兆和的深情，终于，一代文豪还是打动了爱神缪斯的心，获得了爱神的青睐。

眺望着美丽迷人的凤凰古城，我在寻找这对恋人昔日的身影。也许，在悠悠的沱江水桨声里，还回荡着他们昔日谈笑风生的朗声细语；也许，在幽幽仄仄的山间古道上，还留下他们昔日修长美丽的背影；也许，在那千古传奇的悠悠吊脚楼上，还有他们徜徉吟诗赋文的情景。凤凰，优美的凤凰，是迷人的清清沱江，还是耸翠叠玉的凤凰山脉，抑或是那传承了千年悠悠古韵的凤凰吊脚楼……

也许这些都是，也许这些都不是，因为倘若这里缺少了沈从文，即若这里再怎样的优美繁华，再怎样的清纯典雅，都会缺少至少三分，甚至五分的美。就像大词人苏轼于《水龙吟》里为之悲伤的春色那样，"不恨此花飞尽，恨西园，落红难缀。晓来雨过，遗踪何在？一池萍碎。春色三分，二分尘土，一分流水。细看来，不是杨花，点点是离人泪”。是啊！春天是美好的，凤凰是美丽的，《边城》是绝美的，但是于凤凰而言，沈从文就是那无边的春色。

我忽然又想起了杜甫的一句名诗：“尔曹身与名俱灭，不废江河万古流。”自然，凤凰是永恒的，《边城》是永恒的，而沈从文呢？则是这永恒中的永恒了。

角直寻梦

角直，一个遥远的名字，摇曳着江南水乡的神韵，在小桥流水的桨声、欸乃声中向我走来。

不大的集镇，密集的商铺，络绎不绝的游客，使得这座本来温婉宁静的江南小镇显得热闹非凡，躁烦不安。除了这里的水，摇曳的小船，还有那些高大的树木以及弯弯的小桥让人感到有一丝清凉外，最让人感到清凉润心的就是古色古香的保圣寺西的叶圣陶先生纪念馆，粉墙黛瓦下的江南园林建筑风格，竟然是一代大师的长眠之地。

这里的游人之多，简直无法形容。游客一拨又一拨，但都是匆匆地来，又匆匆地去。在导游仓促地做了简短介绍后，人们就随着导游晃动的旗子出了这个门，又进了那个园，似乎这个不大的市镇像变魔术一般有看不完的景观。的确，角直虽是一个江南小镇，但谁又能想到这个巴掌大的小镇竟然是藏龙卧虎之地，中国历史文化的天空因此地的人物而熠熠闪烁。

可惜的是，很少有人像我这样怀着深久的依恋之情来到叶圣陶先生的纪念馆前徘徊不已，而我竟然甘愿做一只“孤雁”，久久站立馆中，享受那安静的气氛，感受大师的魅力。当我凝视着先生那神情凝重的铜像，我仿佛看到了在那风雨如磐的旧时代，先生是怀着怎样的理想在文学与教育的道路上冲撞直前；为了国家的前途与光明，先生是怀着怎样的一腔热血拿起笔与反动势力作斗争。是啊，那是一个黑暗如磐的时代，也是一个充满理想和激情的时代，在“五四”汹涌浪潮的冲击下，每一个爱着自己国家与人民的仁人志士都有着历史的责任，先生自然也不例外。在角直，就是这里，当五四运动的消息不胫而走，他就与仁人志士在煤油灯下商讨制订唤起民众的计划。在小镇上，他们慷慨激昂，义愤填膺，组织爱国学生一起游行，贴标语，呼口号，大声疾呼“外争国权，内惩国贼”。他激情昂扬，积极踊跃创办文艺周刊《直声》，传播新文化、新思潮。角直从此在历史上留下了生动的一笔。那真是一个如火如荼的年代，我的耳畔似乎响起了那些热烈的呼喊声。是的，不忘知识分子的责任，做老师如此，做记者也是如此。“五卅惨案”后，先生曾当众愤怒指责新闻记者“为什么对这起骇人的血案熟视无睹”？为此，他不顾强力压迫，与郑振铎等人一同创办《公理日报》，大胆揭露这起惨案，目的就是要唤醒有良知的普通大众。虽然报刊最终停刊，但他从没有停止追寻真相的脚步。先生一生与笔为伍，以知识分子的情怀自觉担当天下责任，这是先生最为可贵的地方，是先生大美大爱精神的充分体现。抗战时期，他一连写下了《潘先生在难中》《脚步集》等著名作品，从不同角度揭露了旧社会的黑暗和人民的悲惨生活，歌颂了在民族解放斗争中坚强不屈的普通群众。是啊，在那坎坷曲折的人生经历中，先生胸中何尝不是始终跳跃着一颗滚烫的爱国爱民的赤子之心，而这，又何尝不是那一个时代所有渴求光明、渴求进步的知识分子的共同特征？

先生的风范让我想到屈子的精神——“长太息以掩涕兮，哀民生之多艰”。在国家危难、人民艰难之际，先生并没有像角直陆龟蒙那样去做

“出入烟波，笑傲江湖”的隐士，而是一直走在时代的风口浪尖。这体现出了先生卓荦不群的人格魅力。我踱步到那座四面透空、形若方亭的“四面厅”建筑前，想象着先生当年是怎样意气风发地把他自己购买的中外名著、诗集以及《新青年》等刊物捐献出来让学生们阅览的情景。是啊，学生们是多么欢欣鼓舞。而先生是怀着一颗怎样的热爱文学与教育的灵魂给这些孩子们心里种下美和爱。他是一位勤奋的人，同时又是一位把教育和文学结合得很好的人。在这里，他教书、创作，并与这里的师生结下了深厚的情谊。难怪先生称“甪直是我的第二故乡”。难怪先生要魂归故里。瞧那高大茂盛的银杏树，虽历经一千多年，但依然郁郁葱葱，生命旺盛，仿佛先生的精神一样，永远存活在这片土地上。我想起了先生格外喜爱银杏树的原因，也想起先生的名作《三棵银杏树》。这棵美好的千年大银杏树啊，融入了先生美好的情感，给孩子们播下了美的种子，如今，我们也似乎寻找到了先生的精神。“生生农场”，这是先生与学生们当年的实验地，其中意味，我想自有深意：先生不提倡死读书，主张教育要与劳动实践结合起来。岂止是这，他也用自己的创作行动为学生做着表率，他自编国文课本，与友人大胆进行教育实验。他的多篇小说取材于甪直，如《隔膜》《多收了三五斗》等。他积极参加文学活动，与茅盾、郑振铎等组织发起“文学研究会”，提倡“为人生而文学”的观点。在这期间，他发表了许多反映民间疾苦的文章。他编《诗》刊，出版我国第一本童话集《稻草人》；他的名作《夜》等对中外反动势力的凶残屠杀，作出了迅速的反应和深刻的揭露；他创作的我国现代文学史上最早的长篇小说《倪焕之》，被茅盾誉为中国现代文学史上的“扛鼎之作”，而其中刻画的知识分子形象何尝不是反映了那个时代知识分子的卓越理想和精神追求？

先生既是文学家又是教育家。“四面厅”东面的那幢“女子部”建筑，西北那幢“鸳鸯厅”建筑，让人想起了他坎坷的经历：家境清苦的他，中学毕业后做了两年教师，后被人排挤失业，失业期间，他又全身心投入创作，发表了许多反映人民痛苦生活和悲惨命运的作品。三年后他来到这里，从此，便开始了在角直五年的充满深情的教育与创作生活。这里有他和挚友吴宾若、王伯祥志同道合的教育改革实验，也有与爱人胡墨林琴瑟和鸣相濡以沫的教育经历。作为经验丰富的教育家，有着十多年的小学、中学、大学教育教学经历的他积极提倡对学生的引导和启发，提出"教是为了达到不需要教"的著名观点，主张基础教育的目的是培养全面发展的合格公民。中华人民共和国成立后，他主编了中小学教科书，对汉语的规范化，中小学语文的科学化、系统化起了重要作用。"女子部"楼底层陈列着悼念叶老的挽联，其中有彭冲同志的"行为人师，德为楷模"，雷洁琼女士的"现代中国知识分子的楷模"，胡绳先生的"圣陶先生是当代知识分子的楷模"。先生之行，可谓高山仰止。

先生虽然先后担任出版总署副署长、教育部副部长等高职，但是依然诚恳谦和，做事认真踏实，一丝不苟。他的高风亮节、道德文章为世人所敬仰，是中国知识分子的楷模。纪念馆陈列有他的一份三易其稿给子女的"遗嘱"：关于后事，我以为杨东莼先生处理得很好，我就照此办。不过有一点跟他不同，我要在《人民日报》自费登个广告，告知相识的人，说我跟他们永别了。（以上写于 1979 年 12 月 11 日）补充三句：非但不要开追悼会，别的什么会也不要开，像我这样一个平凡的人，为我开无论什么会都是不适宜的，务望依我，更无他嘱。（此段写于 1980 年 12 月 21 日）如有医学院校需要，把遗体捐献。如果火化，骨灰不要捡回。这就是先生的精神，先生是一个把名利看得多么淡泊的人啊！

先生的墓园在纪念馆北侧，坐西朝东。花岗岩横式碑墙上镌刻着赵朴初先生题书的"叶圣陶先生墓"六个鎏金大字。碑墙上方和墓台四周的石栏及台墀上都雕有桃花、李花和万年青图案，象征先生桃李满天下，业绩垂千秋。墓台前方有一座六角亭，名"未厌亭"，"未厌"两字为先生遗墨，因先生著作《未厌居习作》而得名。“未厌”有学而不厌，耕耘不辍之意，这显示出先生一生积极向上的进取精神，是先生一生的写照。回想先生的一生，对照现实，对照自我，都有共同感受，那就是先生的事迹和精神的确值得我们每一个人学习、反思和敬仰！

大美角直，大美先生！

第三辑　巍巍秦岭

印象秦岭

秋日自丹凤返程，沿途尽见群山环绕，方知商洛一带城市大概都坐落于盆地区域，洛南、商州、丹凤所在之地似乎可以说明这个问题。至于其他城市，如商南、山阳、镇安、柞水等，虽未游历，但从各地地形图上俱可看出。

回程途中，心中想：秦岭到底有多大，东西绵延至少一千里或者八百里。而南北呢？南北自罗敷山口进入，车子和人似乎就陷入了大山的包围之中。山高沟险，道路弯弯，人和车在山的俯视下，感觉着实渺小。因了山高，时时可见云雾升腾，如仙如幻，美丽极了。当车子驶出最后一个隧道口时，眼前突然一亮，景色豁然开朗。这种感觉似乎是人和车脱离了山的束缚，忽然奔到一个自由的空间里一样。原以为驶出隧道口就是冲出秦岭山了，现在才发现自己的认识其实是错误的。当人和车驶出隧道口时，只能算是冲出了秦岭主峰区域，而秦岭山的余脉却是绵延不绝，山山相连，究竟一直连到哪儿，似乎难以说清楚。如果把这些秦岭余脉算上的话，那么秦岭就更是博大无比，深邃辽阔了。经过这样的体验和思考，我对秦岭的感受更加明朗了。后来查了一下百度，商洛、安康、汉中果然被纳入秦岭范畴，这也确证了我的判断。不止商洛，连安康和汉中，都在秦岭山中，那么，秦岭之大，就可想而知了。

两年前我去汉中，从西禹高速到西安，又经西汉高速穿过十几座秦岭隧道方到汉中佛坪，穿过秦岭主峰区域，同样的视野渐宽，但是山之余脉仍然是连绵不绝。即使到了汉中，发现汉中四周仍然是山。一查，方知这些山原来也属于秦岭山系，秦岭之大，可想而知了。两年前到汉中，我回来之后写了三篇文章，记忆犹新，在《汉中印象》里，我赞美了汉江。到贾平凹故里，我游览了丹江。汉江与丹江之美，那是难以比拟的。这两条美丽的江流纵横秦岭之南，灌溉滋养着勤劳智慧的人民，培养了中华民族许多杰出优秀的人物。丹江与汉江的源头在哪里？回来后我思考着这个问题，一查，原来丹江与汉江都发源于秦岭山脉，秦岭之大之美更引起了我的崇敬，陈忠实说过秦岭是我们的父亲山，依我看，秦岭也是我们的母亲山，秦岭山脉产生了众多水系，“一江清流送北京”，这也是秦岭人民的美好心愿。

秦岭境内奇山异水众多，溶洞峡谷景象迷人，闻名遐迩的华山、太白山分布秦岭东西，吸引着成千上万的游客旅人。在商州，就有商山、龟山、静泉山、冠山分布其中。其中，商洛之名也来自秦岭境内的商山与洛水。洛水流入黄河，纳入北方水系，而丹江、汉江流入长江，属于南方水系。这两大水系的源头竟然都来自巍巍秦岭，秦岭之神之奇，就更令人目瞪口呆了。秦岭化育了南北文化，是南北文化的分水岭，也是南北文化的交融点。这神奇的秦岭文化啊，是令我终生仰之望之的一本神秘大书。

除了著名的金丝峡大峡谷，气象万千的柞水溶洞、商州贾平凹文学艺术馆、蓝田王维辋川风景区、勉县武侯祠、留坝张良庙、周至楼观台等人文景观众多，更是集纳古今学术精华，激发人们灵感的好去处。这里历来留下千古传诵的诗文佳作数不胜数，令人崇敬与向往。如老子的《道德经》、诸葛亮的《出师表》、王维的《辋川集》等，更是脍炙人口。

秦岭，这一块神奇的土地，是永远值得人们反复品味的一本大书。

少华山记

陕西南边有一座高大的山脉，名字叫秦岭。秦岭是一座伟大的宝山，它横亘祖国腹地，把南北分成两块风格截然不同的天地，南方盛产水稻，北方盛产小麦。于是，陕西的汉中便也有了“小江南”之称。

秦岭之伟大，不仅在于把陕西南北截然划分，还在于其山脉绵延千里，纵横驰骋。在它的东西中部均有驰名天下的山脉，除了五岳中的华山以险峻驰名天下以外，像西部的太白山更是以太白积雪而闻名天下，还有西安附近的翠华山、华县境内的少华山等，也以丰厚的人文底蕴吸引着八方游客。

带着对秦岭山脉的敬仰，在一个惬意的假期，我们来到了距离华山不远的久负盛名的少华山游玩。少华山，顾名思义，“小华山”，因其距离华山不远，又遥遥相望，故人们常把它和华山并称为“姊妹山”。虽然这样称呼，但人们对它们的风格还是有着鲜明的划分。如果说华山是以险峻而驰名天下，那么少华山则是以秀媚吸引着来自八方的乐山乐水的游客。

少华山素有“陕西的九寨沟”之称,“九寨沟”如何，我倒是没去过，不过对“九寨沟”的风景很是心仪，为遂向往已久的心愿，于是干脆就把少华山当作“九寨沟”来畅游。到了少华山，一看，蓊蓊郁郁的草木，潺潺的流水，高大青翠的松柏，惊艳绝伦的悬崖峭壁，还有那飞流直下的瀑布，如同碧绿的翡翠一样的清清湖水，才明白这里不愧是秦岭的游览胜地——“陕西的九寨沟”。进山后呼吸着新鲜空气，感受着从峡谷中吹来的阵阵凉风，我们边走边笑，就像回到大自然母亲怀抱中的孩子一样，充满了无限的快乐和惬意。

稳稳当当的缆车把我们一下送到了高空，坐在缆车里，纵目极望，千里绵延的大山美景一望无垠，遍地野花野草、野树野果，但人在空中，脚下发虚，胆战心惊，谁敢去动一动呢？我们只好老老实实待在缆车里拍拍照，览览景，让遐思飞越千古，穿越万年。这神奇的缆车不知是如何建造的，带着这个疑问我们同作想象，同作猜测，但最终谁也说不上，只好感喟现代科学技术的迅猛发展给人们带来的无限便利。

缆车极大地缩短了距离，节省了时间，保留了体力，不然沿着旧路上山至少也得几个小时，这不，说着、笑着、想着，我们就上到了山顶。缆车把我们放下后，距离目标地潜龙寺还有一段很长的距离，我们只好徒步前行。姐和我加外甥女和女儿，我们四个人跟着就踏上了上山的道路。山路崎岖，虽然难行，但毕竟是山工们开凿出来的石阶，没有太多危险和困难。女儿还算胆大，不是我想象的那样，她欢呼雀跃，跟着她姐，上上下下，倒也尽展活泼之态。我在前面带路，她们跟着，倒是能寸步不离，姐在后面不停地喊着“小心，注意安全”之类的话，于是，我也边走边回头告诫女儿和外甥女，尤其是到了一个一边是悬崖绝壁，一边是手脚可以抓牢的地方，我告诫她们：“走路不看景，看景不走路，只管一心一意走路，小心分神。”孩子们还算乖巧，紧紧抓住扶栏，就这样一脚一脚倒也登了上来。登山其实也是一种乐趣，不仅锻炼了脚力，增大了肺活量，而且在山路上每隔一段都有一个小小的景点，给你增添无限的乐趣，像金蟾石、迎客松、姊妹树、开石柏、朽木石、望岳台诸景，一路走来，不觉苦累，但觉乐趣，令人快乐无穷。

金蟾石是两块石头组成的象形雕塑，有头有尾，活像一只蟾蜍。我们走了好长一段路，在似乎看不到尽头的情况下，忽然看到了这么一块十分有趣的石头，就兴奋得停了下来，摸摸金蟾头，骑骑金蟾尾，然后拍拍照，留留影，沾沾金蟾的福气。金蟾在中国文化里是财富的象征，故受人们崇拜。迎客松是一株很有灵气的松树，伸出长长的枝叶，整个身子也向外倾斜，似乎在向人们招手，故被人们称为“迎客松”。姊妹松是两棵枝干紧邻，枝叶相互穿插的松树，长在绝壁之上，形象媚极，是难得的奇景。让人更惊异的是开石柏，它是一棵生命力极强的柏树，用自己那千年的伟力竟然把一块巨大的石头一分为二，令人瞠目结舌，看来世间有很多的奇异诡怪之景，只是我们没有见到罢了。要说树木有这样的神力，能够穿石而过，验证了“木克土”的道理，那么，却有一种石头能够把那生命力顽强的树木腐蚀殆尽，故称“朽木石”，这真是演绎了世间万物相生相克的生动画面。倘若不到这里，哪里能见到这样奇异的景色呢?

望岳台是一处重要的景观，上到这里之后，地域相对开阔，上面有几个连椅，还有一间木房，是方便游人的小商铺，大概是淡季，并没有开门。不过，这并未影响我们歇脚，我们随身带着饮料和水果，姐拿出来招呼我们。这时，有一位挑山工刚好来到这里，他肩上背的是半袋沙子，也在此处歇脚，歇着歇着我们就聊了起来，挑山工用手指着东方朦朦胧胧、影影绰绰的山头，说那就是华山，然后又指着西面一座温婉的山脉，说那就是少华山，哦，我明白了，这就是此处称为“望岳台”的原因。挑山工随后指着对面隐隐约约的潜龙寺，说不过三里之地，就可到达，这使我们活力倍增。我以随身带着的矿泉水相谢，挑山工摆摆手，憨厚地一笑，拿出自带的山泉水一饮而尽，说“这就好”，随后就踏着稳健的步子向山上走去。我望着他宽厚的背影，真的很佩服他有这样的毅力，能把这样沉重的沙子送上山来。于是，我们赶快留影，拍照，站在望岳台之上，我们把少华山留在了永恒的记忆里。

潜龙寺为何有这样大的魅力吸引着我们这些游客呢？也许得益于汉朝光武皇帝刘秀来这里避难的典故吧。天下名寺很多，但都是因了古代某个名人的影响，才兴旺千年，香火不绝。这潜龙寺就因为庇荫过刘秀而驰名天下，这也足以显示古代有名有为皇帝的影响力。那么，能庇护刘秀中兴大汉的潜龙寺到底是怎样一座神奇的寺庙呢？带着这样的疑问和崇拜之情，我们又兴致勃勃地出发了。

沿途依然是高大茂密的松树、柏树、杉树之类，到了这里忽然觉得自己的见识太浅了，好多树木都叫不上名字，只能感到遗憾。苍苍茫茫、蓊蓊郁郁的少华山真是尽展了秦岭的秀媚风采，据说这里常有野猪出没，但幸好我们没有遇见，后来还遇到了不少的游客，也有挑山工，这让我们更加胆大，不知是野猪害怕了行人，还是行人赶走了野猪，反正旅途很安全。

到了，潜龙寺展现在我们的眼前了，一名双手合十的戴着眼镜的和尚站在寺庙门口，威武庄严的“潜龙寺”三个大字映入我们的眼帘，我们的内心不由得尊敬了三分，也许是因为“潜龙寺”居于高山之巅，也许是因为这里是曾经救过刘秀之地。无论怎么批评中国的皇权思想，那一种持续两千多年的皇权意识还是难以消除，想不到刘秀从此落难，然后又从此发出声音，打下天下，光复汉室，真是一代人杰，不得不让人敬仰三分。自古英雄皆多难，刘秀的遭遇正说明了这样的道理。中华民族自古以来就是一个崇拜英雄的民族，尤其崇拜那些能够历经艰难险阻战而胜之的英雄。而在这些英雄的身上，有时集中体现着中华民族的精神，对于这样的英雄能不起而敬之吗？

潜龙寺内奇而又奇的是一株卧龙柏，树干粗大，足有两人之抱，树干南倾，但倾而不倒；令人更奇怪的是另两棵树，长得纠缠在一起，名曰“柏抱槐”，一棵擎天的千年古柏张开自己宽大的胸膛把一株巨大的槐树搂在胸前，两棵树伸开巨大的枝叶在空中遮天蔽日，形成一道难得的奇景。我不知道是一种什么奇异的力量竟然使潜龙寺如此奇崛瑰丽，充满神秘，但后来看看这潜龙寺所处的位置就明白了，这样的奇景也只有在这样的绝壁上产生。

秀哉！少华山；伟哉！少华山。

翻越秦岭

到汉中去，自然要翻越秦岭。

秦岭的高大和神秘，我最初是在《陕西日报》的《秦岭副刊》秦岭云的一张张水墨山水画里感受到的，那氤氲的云气，崔嵬连绵的山脉，潺潺的流水，枝叶繁茂的植被，都像一曲曲动人的音乐一样吸引着我。而今竟然要路过秦岭，自然有一番不同寻常的激动。

车子出了韦庄，驶向西禹高速，沿途是平坦宽阔的高速公路，途中尽是来来往往急如星驰的汽车。透过车窗，映入眼帘的是披上绿装的绵延起伏的山塬风景。时值清明之后，农人已开始忙碌，绿油油的麦苗，盛开着似雪一样花朵的果林，为旅途增添了无限的风光。

在昏昏欲睡的状态下，同伴提醒我已经到西安了。睁开眼睛一看，周围是拔地而起的楼群，一座又一座的高楼映入眼帘，可以看出西安的变化之大以及城市的建设之美。导游告诉我们现在即将进入西汉高速，要穿越秦岭山脉，这令我精神一振，想到自小就非常崇拜和向往的秦岭山脉就要闯入眼帘，自然格外上心。

秦岭是一座伟大的山脉，这是从我们的地理教材里了解到的，也是从一些作家的作品里了解到的。前不久，读了高建群的一篇名为《对一座伟大山脉的崇拜》的文章，更加深了对秦岭的憧憬。记得高建群先生写到陕师大一位教授说的话："秦岭的西头，在昆仑山；秦岭的东头，在富士山。昆仑山叫南山，喀喇昆仑山叫'美丽的南山'，这山行到甘肃，叫'祁连山'；到了陕西，叫'终南山'，意思是说南山到此终止。不过秦岭并没有终止，从地质构造上来说，它并没有终止，它还向东延伸，成为东南丘陵，甚至，它还穿越海峡，直通到日本，日本富士山那个圆顶，才是它的句号。"这样的说法不知是否正确，但更加引起了人们对秦岭山脉的想象和神往。文章里谈到富有历史文化故事的骊山时，写道："宁夏一位退休的地质局长告诉我，神话传说中的'共工怒触不周山，天倾西北，地陷东南'这句话，绝对不是神话。在侏罗纪时代那伟大的造山运动中，喜马拉雅山脉涌起，然后岩浆一直向东流去，从而形成伟大的秦岭。秦岭的一支余脉——骊山，应当是一座宝山，因为矿物质流到这里，冷却，凝固，从而堆积于此。"这样的说法都不是地理课本里见到的说法，自然有一分传奇性和神秘性。这愈加给秦岭增添了一分瑰丽和神奇。

我就这样想着。车子行得很快，秦岭像一朵朵乌云扑面而来，眼前开阔的风景顿然消失，导游告诉我们，前面就是秦岭。我伸直了腰，睁大眼睛看着眼前渐渐清晰的秦岭，就像穿过迷雾，突然来到了明朗之处，秦岭的神秘面纱一下子被揭开了。我的想象力顿时消失，不容细看，车速也不曾减缓，忽地一下子钻进了隧道。只听见耳边传来轰隆隆的声音，眼前一切忽然都暗了下来，只有一束束闪亮的灯光像一条条星河向前延伸开去。车子旁边是并行的货车，秦岭隧道的宽阔令人难以想象。唐代韩愈感慨"云横秦岭家何在，雪拥蓝关马不前"。我想假如让韩老夫子来到这里，一定又有更多的感慨吧！

想着想着，轰隆一声，车子已经驶出了第一座隧道，眼前又是一片晴天丽日，鱼跃鸢翔，看着天空中自由飞翔的鸟儿，扇动着黑色的翅膀，在秦岭山巅自由翱翔，听着小河的潺潺音符，这才从想象的天空飞落到眼前的现实。心中不由得“啊”了一声，秦岭，这就是有着神奇魅力的秦岭，我终于来到你的眼前。我重新透过车窗，纵目极望，想看透这被作家陈忠实称为“父亲山”的秦岭之神奇，眼前依然是崔嵬的山石、茂密的丛林。也许限于车窗浏览，秦岭的心脏和秦岭的神韵，静谧的那一方水土，我们根本无法触及。那皑皑积雪，那神奇的灵芝仙草，那被称为“秦岭四宝”的充满活力的大熊猫、金丝猴、羚牛、朱鹮的影子根本无法看到。而我自己呢，也真是异想天开，希望眼前突然冒出一头羚牛或者一只熊猫的影子，因为它们才是秦岭的主人。

想着想着，眼前又一座隧道迎面而来，伴随着隆隆的轰鸣声，车子驶出了一座又一座隧道，我忽想：秦岭究竟有多少隧道呢？而钻探出这样伟大的工程又是何等艰难啊！从韩愈先生的“云横秦岭家何在，雪拥蓝关马不前”的古代，到“一洞横穿南北，千里变通途”的今天，从以前的“雄关漫道真如铁”，到现在的“而今迈步从头越”，这是什么样的时代，这是何等的气魄啊！劳动人民的伟力、科学技术的进步为我们创造出了多少经济价值、战略价值，恐怕真是难以估量。而至于像牛郎织女那样各居天涯一处的痴男怨女们，又会因为它而结束了多少“念之断人肠”的伤悲！

车子在飞速行驶，一座座山头在眼前飞越。望着这南北绵延不断的高大的秦岭山脉，我幻想着自己有朝一日能徒步穿行在这绵延不断的神秘的秦岭山脉里，聆听它心灵的跳动，把探它搏动的脉络。

蓝田汤峪记

蓝田是一个神秘的地方。历史悠久的“蓝田人”遗址，唯美诗人李商隐笔下的“沧海月明珠有泪，蓝田日暖玉生烟”的美丽传奇以及唐皇杨妃动人缠绵的爱情故事都带给人们无限的美好遐思。带着旅游归来的一身疲惫，我们一行人来到秦岭山下的汤峪温泉沐浴，一洗沿途之疲劳。

汤峪温泉位于秦岭山中。这里山大林深，环境优美，景色清幽迷人。当大巴进入山区时，阵阵清凉的山风和怡人清新的空气迎面而来。下得车来，大山的幽深便把一切喧嚣和浮躁隔离在了山外。郁郁葱葱的秦岭山脉犹如巨龙一样无限延伸，而我们则好像处于大山的怀抱中。

导游滔滔不绝地讲着汤峪温泉的特点：水质温和，无色无味，富含硅、碘、铁、锰等矿物质及微量元素，具有较高的医疗价值；这里历史悠久，早在秦末汉初，就有皇室汤院；大唐时玄宗亲笔御赐“大兴汤院”；这里石门汤、凤仙汤、骊山汤三汤是大唐盛世时最令人心仪之地，被称为“神水”，号称“天下第一汤”。我们兴致勃勃地听着导游的讲解，心早就插上了翅膀，飞到了那神奇的地方。

一圈仿唐式的建筑仿佛把人的思绪也带入那昂扬向上的大唐盛世之中，假如不是人们的服饰，我还真以为到了一个古色古香的大唐街坊。若论唐朝的什么吸引着我们，我想唐诗必在所论之列！所谓爱屋及乌，盛唐的诗人群星灿烂，盛唐的国力蒸蒸日上，也许这是每一位炎黄子孙都喜欢的一个朝代吧！

匆匆用过午餐，我们就急不可耐地向大兴汤院走去，巍峨壮观、金碧辉煌的大兴门楼仿佛展现着盛唐的繁华和富贵。门口的一座石兽吐着清冽冽的山泉，流水哗哗哗的，一种清新的意境和舒畅的感觉扑面而来。来不及细细欣赏那些画着丰腴饱满的盛唐侍女长袖飞舞的壁画，我们急匆匆寄存好东西，走进了浴室。

前来洗浴的人真不少，蓝田汤峪果然名不虚传。到了这里，无论男女，一律身着泳衣泳裤，大家都急忙向喷玉溅珠的汤池奔去。未至汤池，便听见哗哗哗的水流声音，犹如大自然的交响乐正在演奏。云蒸霞蔚下的温泉在太阳下犹如仙境。大家跑到汤池前，像鱼儿见了水，一跃而入，神情快活极了。大家嬉笑着沉浸在这快乐的沐浴之中。清冽的泉水驱走了人们的疲劳，仿佛饮了一杯清冽的茶水，全身上下每个毛孔都感觉到了清爽和舒畅。

在汤池里主要讲究“泡”，你需要把整个身子浸入水中，让那神秘的山泉荡去你一身的疲劳和灰尘，让哗哗流动的泉水带给你美妙的享受。在这里你可以什么都不想，也可以轻轻低吟几句美妙的诗句，增添一些诗情画意。“汤池仙景美如画，浩渺烟霏似轻纱。”我真的要沉醉在这暖暖的汤峪池中了。

“仁者乐山，智者乐水。”在这里，不论你是仁者，还是智者，都可以享受到山水怀抱、山水一体的美妙感受。秀山出灵水，灵水润秀山。在这里，你体验到的不仅仅是一种水文化，更是一种山水一体的隐者文化、道家文化。蓦地，我突然想到了人们为何喜欢到这里一沐一涤；我也突然想到了在传统文化里为何有那么多的隐士，继而形成了源远流长的隐士文化。是啊，凡常来这里沐浴的人们不仅仅是一沐旅途的疲劳，更是一沐红尘中的喧嚣和烦躁。在大自然清泉碎玉般的抚摸下，净化心灵，提升境界，开悟人生，何尝不是人生中的一大享受呢?

汉中印象

汉中境内有一条重要的河，名叫汉江。这条温柔的母亲河和四面环绕的秦巴山脉使得汉中成为名副其实的“小江南”。

汉中是富庶的，这里满眼黄澄澄的油菜花开得正艳，到处是黄一片、绿一片的色彩，时时也见白墙红瓦的民居映衬其中，使得汉中的颜色缤纷多彩。

这里的树木高大笔直，沿路多见的是水杉一类的树木。这些树木和秦岭以北的树木截然不同，秦岭以北的树木多是杨柳、槐木类，而即使是杨柳、槐木类也难见像汉中的树木一样齐整整的笔直高大。也许是北方多旱少水、气候干燥且多风的缘故。秦岭的阻挡和巴山的环绕使得汉中的气候特别湿润，这里地势低洼，又得益于汉水的滋养，因此水源充足，庄稼地里尽是适宜于水乡耕作的水稻。我们也时时见到穿着长筒靴子在水田里耕作的农夫，黑得冒油的土地上面泛着清波，俨然一幅江南水乡的画面。

高大繁茂的油菜秆茎粗壮劲直，几乎高过人的头顶，人悄然隐身于花丛之中是很难找到的。这里的油菜花是一道亮丽的风景，也是汉中农业的支柱产业，当地政府设立了“油菜花节”，每年会召开盛大的油菜花会。聪明的当地政府把本地具有的丰富旅游资源和油菜花节结合起来，打造了春季旅游的独特品牌，吸引了大批岭南岭北慕名而来的游客。这使得汉中旅游也驰名天下。

阳春四月，清明节后，我们来到这里。这里正是草长莺飞、花红柳绿的美好季节。温柔的汉江静静地流淌，宽阔的江面和雄伟的汉江大桥似乎张开了双臂，迎接着来自四面八方的游客。

这里曾经是汉中王刘邦的根据地，在反秦大军里是刘邦率先打进关中，但战前的承诺并没有被兑现，刘邦反而被势力强大的西楚霸王项羽排挤到了这里。能够到这里还算侥幸，如果项羽听从了亚父范曾的谋略，那骊山下的“鸿门宴”就必定成为刘邦的丧身之宴。如果这样的话，也就不会有后来的“汉中王”，更不会有刘邦开创的几百年的大汉基业。而刘邦也不愧是刘邦，是能低得来也能高得来的一代枭雄，好汉不吃眼前亏，好，你对我不放心，把我排挤到这里，我就让你一万个放心。他听从大将韩信的建议，烧毁栈道，韬光养晦，把项羽蒙在鼓里，然后厉兵秣马，招纳贤才，明修栈道，暗度陈仓，终成大业。

这里也是三国时期诸葛亮施文韬运武略的地方，也是“出师未捷身先死”的英雄的寝身之地。我们先后瞻仰了武侯祠和武侯墓，领略了一代人杰高山仰止的品格情操。从历史上看，诸葛亮始终把汉中看作关系蜀国生死存亡的战略要地。因为这里北依秦岭，南靠巴山，土地肥沃，人口众多，退可守，进可攻。进，是夺取天下的支撑点；退，是庇护蜀都的外部战斗堡垒。如果丢失这块战略要地，那么蜀汉就裸露在敌人的眼皮下，就会有覆国的危险。事实上，诸葛亮死后，蜀汉的灭亡也充分证明诸葛亮倾力经营汉中的意义。虽然诸葛亮精心经营着汉中，但他“兴复汉室，还与旧都”的北伐梦至死都没有实现。他与同处汉中而能夺得天下的刘邦竟然得了两种不同的结果，不能不令人深思。

两汉三国的时代是一个英雄辈出的时代，也是一个英雄尽力施展才智的时代。而在这段辉煌的历史剧中，汉中，就是英雄们浓墨重彩书写的一笔。任何考察两汉三国历史的专家们，脱离汉中这块蕴藏着丰富历史信息的土地，也许都无法好好诠释那一段历史。而只要走进汉中，所有的历史疑问也许都可以迎刃而解。因为，这里是打开两汉三国历史的密码和钥匙。

汉阴访三贤

辛卯年夏，与友人一同驱车前往汉阴。

在汉阴，我们参观了百亩荷塘。时值七月，正是荷花盛开的季节，南宋诗人杨万里用“接天莲叶无穷碧，映日荷花别样红”来形容荷花之美，面对眼前之景，用这样的诗句来形容最是恰当不过。汉阴处于陕南秦巴山区，境内河流纵横，水网密布，我们来到此地，正有一种恍如进入江南旅游的感觉。友人兴致勃勃地带我们畅游了建立于明清时期的文峰塔，目睹了雄浑壮丽的风堰古梯田，也观赏了独具陕南特色的茶文化，其间，也倾听了清丽动人的陕南采茶民歌。汉阴人民热诚、好客、大方、活泼开朗的性格让我们这些关中人感到分外亲切。

最后，在友人的带领下，我们来到了汉阴著名的“三沈纪念馆”。纪念馆位于城西古城墙边，环境清幽，周边植被丰茂，高大的松柏郁郁葱葱，而散落在林间的小花小草也散发着阵阵清香。“这真是一个读书的好去处。”友人按捺不住自己的感情，脱口而出。是啊，清净之处当为读书的最佳场所，我想这是每一位热爱读书、热爱文学事业的人的共同追求。

在讲解员的带领下，我们一行几人，与几位不相识的游客集结在一起共同走进了这座富有江南风情的院落。

粉墙黛瓦的建筑结构承袭了典型的江南民居风貌，清幽的竹影为炎炎夏日带来了丝丝清凉，别具一格的院落大方开阔，古色古香的雕花木窗格外温馨清雅，遒劲有力的“沈氏三贤堂”五个大字熠熠生辉。“行为世范，学为人师”的楹联分列左右，这样的赞誉令人想到这里曾经的主人的身份。

游览期间，我有幸拍到一段颂志，其辞采非常华美，又便于诵读，特辑录如下：“汉水悠悠，秦巴苍茫；地承南北，灵隐秀藏。沈氏三贤，祖籍浙江；生于汉阴，问学无疆。名士士远，五四干将；精研老庄，天下称扬。宗师尹默，新诗首倡；诗入唐宋，书追二王。国士兼士，文史兼长；小学大成，继许段章。一门三杰，国之栋梁；文华奎光，千秋景仰。故里逢春，巨变沧桑；科学发展，和谐小康。文苑学林，发新吐芳；先贤宛在，后波前浪。”

这篇颂高雅浑厚，韵味浓郁，以四言形式简练而又高度总结了三贤的卓越成就。诗歌内容分别从三贤故里风光、祖籍沿袭、学问成就以及三贤精神影响做了爬梳，可以说是给人们解读三贤的一把钥匙。而三贤者，则分别是沈士远、沈尹默、沈兼士三兄弟。

晚上下榻汉阴，友人和我们几人又彼此闲聊。最后，我们又都把话题放到了“三贤”身上。“行为世范，学为人师。”三贤的精神真是鞭策我们每一个人前进的动力。

紫阳记

紫阳，一个楚楚动人的地方，一个充满诗意与婉约的城市，因了诗人与民歌的因素，更多了清亮的色彩与传奇。

我是在丁酉年的暑假乘车前往紫阳的，一是拜访诗人陈平军；二是领略感受紫阳的诗意与婉约。沿途的诗意山水令人目不暇接，陕南的青山绿水美到了极致，简直令人无可挑剔。汉水清亮透绿，蜿蜒而行，环抱着美丽的山城。

一座山城，依山傍水而建，自然城市格局狭窄，虽然缺失了大平原城市的气魄与心胸，但能在如此局促的地方开辟出一方天地，营造出玲珑锦绣的山水城市格局，的确令人敬佩。远看紫阳城，高高低低的楼房仿佛依偎在青山绿水的怀抱之中，美丽极了。

紫阳人好客、热情。当我坐上了前往紫阳的客车，我就在细细寻找紫阳的元素。诗人平军温暖的问候和不断的关切令我感动。到达车站后，没想到出奇的热，山城的炙烤恰如一位热情的汉子，让你禁受不住这浓浓的情意。还好，一位热心的妹子拦住了一辆不愿掉头的出租车，这让我免受了高温的炙烤。山城的街道也是上上下下，拐来拐去，几个颠簸，我就有点受不了了。幸好，到了目的地，平军领我进了空调房。一声温暖的问候，一杯氤氲着清香的紫阳茶就递到了手上。办公室里还有一位文友，也正在候着，经平军介绍，方知是诗人唐凯。唐凯热情健谈，性格开朗活跃，正如其笔名“玩偶”一样，活泼俏皮。接着，依次来了诗人叶柏成，还有热情好客的方老师。方老师同样热情健谈，言语幽默，一副巴人相貌。

稍坐不久，平军就将我们带到酒家雅间，大家一行坐好，叶松铖老师姗姗来迟。经平军介绍，方知叶松铖老师是安康文坛评论大家，其评论集曾获省评论二等奖。看来紫阳也是文人墨客荟萃之地。大家都是文友，唐凯健谈，眉飞色舞之间闪现颖慧；叶松铖稳健沉着，不轻言多语；平军是东家，热情招呼不已；柏成含蓄，与松铖是兄弟，以写诗为主；方老师是县志办元老，热情好客，又有巴人豪放风格，酒量特好。看来平军确实是费了心思。

平军散文诗写得相当好，十年前我即与他的美文《霜雪点点》相遇，那张散发着淡墨清香味且已泛黄的《语文报·高中版》，至今我还保存着，这次也没有忘记带给他。当然，本次带给他的还有自己前不久才出版的拙著《诗意语文：谈文论艺》，希望他们批评。山城人的饮食与关中饮食风味有别，不仅如此，口音也与关中迥异。席间与他们探讨，他们的口音既与重庆相似，也与两湖相似，原来文化渊源不同，自然与关中有些差异。虽然不同口音导致交际上有点障碍，然而却并不影响我们的心情。我在谛听过程中也慢慢适应了他们的口音，他们说话语速快，仿佛鸟儿唱歌一样，不像关中话咬字重，说话慢。提到紫阳民歌，豪爽的方老师说：“打一个比方，紫阳民歌好像女人，陕北民歌就像男人。一个婉约，一个豪放。”方老师是典型的重庆人相貌，他的长相更容易让人想起傻儿司令，一口四川话说得相当好。

当我问起紫阳民歌怎么唱时，平军趁着酒兴给我们唱了几句。“郎在对门哎，唱山歌哎。姐在房中哎，织绫罗喂……”悠长婉转，拖着嘹亮尾音的歌声，真如珍珠滚动，亦如山泉迸发，回荡在房间。诗意与民歌，也许这就是紫阳的文化元素，我瞬间沉醉其中了……

酒酣饭饱之后，大家迈出酒楼，依然兴致未尽。此时的紫阳城已是灯火璀璨，远处的文笔山上楼阁矗立，熠熠生辉，在晚灯的映衬下格外醒目。她的脚下，是一湾清清的江水，流向远方，流向京城……

紫阳，这座充满民歌气息的古城。渔歌唱晚，桨声灯影，回漾着千年的悠悠古韵。我耳边似乎还回荡着那悠扬的歌声，那唱民歌的紫阳俏妹也忽然在我的眼前浮现，柔美、俏丽、活泼、多情，就如那清清的汉江水，充满了无限的柔情蜜意。而紫阳的汉子，也定当如平军、松铖、柏成、唐凯、方老师一样，有山的坚毅、水的灵秀。

我们一定相信，依山建城的紫阳人会把他们的聪明、才智、灵秀带到追寻美好幸福的生活中去，让那灵秀动听的紫阳民歌犹如那灵动的汉江水，曲曲弯弯穿山越谷流向长江，汇入大海，走向世界……

第四辑　形胜渭北

山河形胜大渭北

一时代有一时代之文学，一地域有一地域之文学。文学是时代的产物，也是地域的产物。恰如《诗经》与《楚辞》，前者传达出北方地域尚实文化的特点，后者则传达出南方民族崇巫的地域风貌。这种现象，拿陕西文学三大家的文学风格比，也可说明这一点。譬如，贾平凹的风格偏于灵性，比较轻巧，活泼浪漫，文风温柔，这大概也与其秉受陕南阴柔文化的滋养有关；陈忠实则沉稳厚重，稳健含蓄，深谋远虑，藏巧露拙，其风格自然与关中政治王权斗争文化有关；路遥则代表了陕北大汉顽强奋斗、不畏艰难困苦的开拓精神，风格昂扬，意绪激荡。

渭河是流经陕西境内的一条重要的河流，同泾河一道，是关中一道靓丽的风景。成语“泾渭分明”便是对这两条河流的形象描述。渭河发源于甘肃省渭源县的鸟鼠山，由陕西省潼关汇入黄河，全长 787 公里，流域包括甘肃、宁夏、陕西三省区。这条河流所经之处，便是一马平川的渭河平原，渭河平原古今都为关中富庶之地、粮米之仓。像渭南、西安、咸阳、宝鸡等地更是古今政治文化的首善之区。人口众多，经贸繁荣，文化积淀深厚。渭北，虽也属于关中之辖，然而因其多山、多沟壑、干旱等自然因素，使得风土人情也与渭河平原有所不同。如果说渭河平原审美风格接近甜美、细腻、机巧、温和的话，那么渭北高原则接近苍凉、浑厚、大气、质朴、刚强。这里民风淳朴，民性厚道，耐得住大苦大难的考验。故研究渭北地理文学，书写渭北人民的风土情怀、人文积淀、历史传承，我想对于陕西文学来说也是一件善莫大焉的事情。

每每乘车去西安，又由西安返回澄城，都要经过气候湿润、一马平川的渭河平原，当汽车过了这条河流，地势就渐趋升高，一个黄土台塬形的地貌就出现在我眼前。这样的地貌横跨东西，可以说是西起关拢，东至黄河，南与渭河平原毗连，北接陕北高原。我骑车去过澄城、合阳、韩城、蒲城、富平，乘车经过三原北、乾陵北，铜川虽没去过，但看过铜川耀州窑的宣传图片，感觉这一带地形特点大致相同，如川塬交错，沟梁纵横，山峁众多，查询百度百科关于渭北的介绍，方知渭北之域还有洛川、黄龙、黄陵、宜君、淳化、旬邑、永寿、麟游、彬县、千阳、陇县乃至甘肃、宁夏一些地区。广义的渭北，泛指黄河第一大支流渭水以北，陕北高原以南这一块区域。唐代著名诗人杜甫在《春日忆李白》里写道“渭北春天树，江东日暮云”。这是一片山河形胜之地，也是一片风水宝地，故历来人才辈出，英才荟萃，可谓人杰地灵。

轩辕黄帝陵、炎帝故里、司马迁祠、党家村、处女泉、尧头窑、仓颉庙、杨虎城故居、习仲勋纪念馆、唐十八陵、药王山、玉华宫、九成宫、渭北革命根据地、照金革命根据地、洛川会议纪念馆等众多名胜古迹分布其间。这里可谓中华民族的发祥地，中华民族人文初祖轩辕黄帝和神农炎帝、帝喾等主要活动范围也在这一带，历代杰出人才层出不穷，仓颉造字，伊尹辅商，司马迁著《史记》，孙思邈著《千金方》，杨虎城举义，习仲勋闹红，李仪祉治水等都书写了大美渭北光辉灿烂的一页。

大美之地，当配有大美之文学。如沈从文之湘西，莫言之高密，贾平凹之商州，陈忠实之关中，路遥之陕北，每一块区域都有每一块区域的文化、历史、风土、人情。自然，生活在大渭北这一块区域的人们，尤其是优秀的作家们应该担当起时代、地域的责任，拿起笔来，为生活在这块热土上的人们呐喊，不要辜负时代、地域寄予我们的厚望！

渭北春行

春天是美好的。选择一个阳光明媚的周末，骑着轻快的车子，放下所有心情，扑到自然的怀抱里。

渭北春天的气息已经萌芽，但春的氛围还不算浓烈，小草探出嫩嫩的头儿，给枯黄的大地装扮了一点绿色。树木大部分还处在沉睡期，也许它们正在做着出发的准备。柳树除外，它是独特的一种树木。它简直就是迎春的先锋官，一团柳烟远看似雾。画眉鸟三三两两在枝头上跳舞啭歌，沐浴在温柔的春光里。麦苗已经返青，褪去了枯叶，焕发出新装，精神抖擞，姿态昂扬。这似乎是渭北春天最鲜明的征兆。

渭北大地，与陕北黄土高原毗邻，土质相似，早春的气温偏低，唯有耐寒耐旱的冬小麦更适宜在这块土地上生长。因此，在这渭北早春的旱塬上，能给人醒目温暖的春意的，便是这一片片葳蕤的小麦了。我们既欣赏它质性的坚强，也欣赏它迎春的热情。和冬小麦一样，焕发劲头的油菜，也是渭北早春一景。绿油油的叶子，枝干挺劲，迎风起舞。这些迎春团队的出现，加深了渭北的春色。渭北虽没有江南的水质明媚，花红柳绿，小桥流水，风情旖旎，然而渭北却也不乏那一抹清流，一抹柔和的色彩。美丽的洛河，水流缓缓，似一位缓缓散步的美人。此时，她把自己的一部分热情无私奉献给了干涸的渭北大地。焕发勃勃生机的庄稼们，正如饥似渴地汲取着母亲的乳汁。果木已经饱含水分，正在爆出一个个嫩芽。远处、近处的杏树，三三两两点缀着大地，它们的绽放为这渭北大地增添了一抹动人的明媚，为这渭北大地的春色增添了一抹生动。可以想见，蜜蜂正嗡嗡嘤嘤环绕其间，为它们载歌载舞，唱着一曲春天的序曲。

下到河边，亲近一下春天的河流，幸而还能看到大大小小的石头。在满目尽是黄土的视野里，忽然闯进一群异质物，不能不让人眼睛一亮，顿觉稀罕。石头本来是海边之物，山上之物，可是为什么却跑到了这远远的旱塬？可是，你再一细想，这广袤的渭北大地难道以前没有海吗？在大地突然凹下去的这一块山崖间，不是有了水，有了石，这不是海的源头吗？这样一想，反觉我们其实与海也为一体了。细看这些石头，有大有小，大的可蹲、可坐，小的如卵、如掌，可在手心把玩，小巧玲珑，格外精致。那些巨石，在浅底的河床和众多卵石之间，突兀而起，令人煞觉可爱。河流淙淙，时而汇成一股溪流，向低洼处冲锋。水流发出“哗哗哗”的声音，像一曲轻快的小夜曲。向前走，有时还可遇到小潭，汪汪一碧的。清冽的潭水，倒映出碧蓝的天。

这时候才发现天空中不知何时增添了一道亮丽的风景。原来是可爱的小燕子从南方飞回来了。它们一只只，迎风而舞，唧唧长鸣，似乎在传达渭北春天的喜讯。山崖上有两只不甘寂寞的老鸹，张开大翼，在空中盘旋，展现着它们威武的雄姿，那橙红的喙，让人看得分分明明。可爱的小鸽子，一群群，一群群，飞到这个山头，飞到那个山头，它们飞翔的姿势很好看，灰扑扑一声起，就像落叶，嗖的一下子消失在空中。而当它们栖息山头时，竟可以看到它们柔和的眼睛，温顺的神态，难怪它们被称为和平的使者。一群不甘寂寞的学生，三三两两，也来到了这个山河交错的土地，他们在山崖上爬高攀低，拽着山间的草根，成了山间的活泼流泉。一处不大的杏林，花儿妩媚，灼灼绽放。老树如虬，然枝头生命蓬勃，显现出旺盛的生命力。嗡嗡嘤嘤的蜂群在树头花间飞舞，它们正计划酿造甘甜的杏花蜜。一位可爱的姑娘，独自一人，听着优美的音乐，在杏林间散步，她时而驻足留恋，时而悄悄自拍。于是，美与春色便被她映红了。

春天到了。渭北的春天虽是北方的春天，花尚不红，柳尚不绿，然而在这悄悄的脚步声里，我们还是感受到了春天难得的情怀。春天正是筹划的时节，我们每一个人在这美好的春天里准备播种下什么？于我而言，却正在思忖着渭北文学的发展。《渭北文学》的创刊，是我们渭北一群热爱文学的中青年者筹划的结果。他们热情洋溢，情趣高雅，在这物欲横流的社会里，他们并没有流失、放松自我，他们依然是缪斯女神忠实的信徒、文学百花园里辛勤的耕耘者。我们的刊物正在酝酿，正在起步，就像这渭北的早春一样，虽然花不红柳不绿，但已经呈现出一派勃勃的春意。春意正好，就像这渭北已经萌发的草木、飞翔的群莺，它们已经给春天带来了一抹生机，一抹希望。《渭北文学》也许正承载着这样的希望。

走笔黄陵

到得黄陵，翻阅书籍，方知黄陵原名中部县，因黄帝陵在此，更名为黄陵县。黄陵县是历史文化名城，这里流传着中国最古老的关于黄帝的神话传说，这里是中华文明的发祥之地。

历代题咏黄帝陵的诗文很多，留传的碑刻书法作品也不少。带着仰读之意，我破费买下了两本颇有价值的书籍：《历代题咏黄陵诗选》《黄帝陵碑刻书法精选》。

打开书籍，一行行优美的诗句流入心田，给人以无穷的思想教益；一幅幅笔墨飘香的书法作品，字迹遒劲有力。我们是龙的传人，我们是炎黄子孙。文人们在诗句里吟唱，书法家们在腕下挥毫泼墨。无论是政治领袖，还是文坛骄子，抑或书界精英，他们无不带着虔诚之意表达着对人文始祖的敬仰和怀念。

和大家一样，我也是从山麓九十五级台阶开始攀登。台阶的数字寓意鲜明，意为“九五之尊”。这当然是后来人们的设计，包括轩辕桥前的嵌地石块，据说是五千块，象征着五千年的中华文明。冬日里山寒水瘦，万物萧条，因而来这里的游人稀少，但也少了清明时节万人攒动、钟鼓齐鸣、锣鼓喧天的嘈杂。如果说清明祭祖是一种隆重的仪式，那么在清明时节之外的任何祭拜都是发自内心的一种民族情愫。途中遇到一位来自黑龙江的游客，她从遥远的鸡西市来到西安参加一次会议，但心中也不忘到黄陵来拜祭一下老祖先。她虔诚的话语、热情的神态，强烈地感染了我。

轩辕庙前一棵巨大的黄帝手植柏，强烈地吸引着来自四面八方的游客。我也被它深深地吸引住了。是啊，粗大的树干，足有几人之抱；裸露的茎，经五千年的风雨洗礼，变得更加苍劲挺拔，直耸云天。虽是严冬时节，但仍时时飞来祥鸟，在它那如虬龙一样的枝条上栖息、鸣叫，仿佛在歌颂着五千年的文明、讲述着五千年的沧桑历史。虽是隆冬，但它那枝叶依然苍劲的树冠仍然彰显着它强大的生命力，象征着古老的中华民族生生不息的自强精神。面对这棵巨柏，何人不起敬仰之情？何人不起凭吊之情？

为此，我不由想起几首咏柏诗："龙柏势腾天，春辉瑞气暄。根盘丰地脉，叶展蔚霞烟。四序贞常翠，千秋春永贤。轩辕亲手植，荫福惠人间。"（《黄陵古柏》徐志诚）"抱弓无计挽轩皇，龙去犹留古柏苍。撼雨鏖霜五千载，沧桑历尽不渝香。"（《瞻仰轩辕柏》罗立洲）除此之外，还有著名红军将领肖华写的《赞黄帝手植柏》："七搂八拃半，巍哉柏之冠。世传远祖植，悠悠五千年。钢枝挺硬骨，铁甲抵严寒。霹雳难摧志，风高无媚颜。阅尽兴衰事，从容向长天。神州衍斯种，世代泽绵绵。"

人们除了写诗赞颂，还以书法、绘画等形式来表达对这棵古柏的敬仰之情。在轩辕庙展室，我有幸欣赏到这些书法、绘画艺术作品。我都虔诚地把它们一一拍摄下来，以示纪念。这棵古柏穿越千年的岁月，至今仍然生命长青，气势不倒，好似传达着一种信念，那就是"天行健，君子以自强不息；地势坤，君子以厚德载物"。是啊，这声音，穿越先祖遥远的时空，直奔当今每一个炎黄子孙的耳畔。

轩辕庙前印池公园右边矗立着一座高大的鼎。这座鼎据说是由神七的碎片和镍铜合铸而成，高大雄伟的鼎台，衬托得它愈加雄伟，气势非凡。想起昔日黄帝铸鼎奠定天下的热烈场面，再看今人继承余脉发射神七，鼎立天下的宏伟蓝图，不能不为今日民族之伟业而骄傲自豪!

仓颉庙前

黄陵匆匆一日，车子路过仓颉庙前，我真想大喊一声："仓颉字圣，我来了！"是啊！没有您的砥砺前行，没有您的开启鸿蒙，也许中华文明的进程还要徘徊好长一段时间。汉字，多么美丽的文字，象形、会意、形声、指事、转注、假借，是智慧的形神组合，也是开启智慧的密码。

虽然，我未能在您的庙前下车，进您的庙里上一炷香，瞻仰您的圣颜，拜读您的字符，阅览庭院里留下的几千年的风雨沧桑，甚至在有着千年历史的您的手植柏前静静地沉思、仰望，但是我的心灵一直在与您接通。站在渭北高原的一边，站在生养了祖祖辈辈的千沟万壑的黄土高原上，我想大喊："仓颉之神，您是黄土地的骄傲，您是中华民族的骄傲。"文字的产生，犹如天地间划过一道闪电，"天雨粟，鬼夜哭"。这样形容的确不为过。文字的产生，把人与动物截然分开。东方文明从此诞生于黄河岸边，黄土地之上。古老的四大文明古国，至今唯有中华文明延续不断。有了文字，就有了《诗经》《离骚》；有了文字，就有了《史记》《汉书》；有了文字，就有了唐诗宋词；有了文字，就有了中华文明的千年绵延，犹如滔滔的九曲黄河水绵延不绝、源源不断。

亘古的中华大地，演绎了周秦汉唐的罡罡雄风，也演绎了多民族之间纷战的历史悲剧；无论是分裂，还是中华民族中的哪一个兄弟民族建立了大一统，最终，都延续着汉民族的文化精髓与文化血脉。汉字，你虽然不是尖端武器，不是武装到牙齿的凶悍武士，但是你却实实在在发挥着他们不能发挥的作用。是什么让我们的兄弟民族坦然接受了汉文化，是因为你文字的魅力，还是你文字的神奇？用你，孔子、孟子书写了一个民族最经典的风尚；用你，《诗经》《离骚》氤氲了千年的华章；用你，唐诗宋词演绎了千年的风采。你虽不是尖端武器，但却胜过尖端武器；你虽不是凶猛的武士，但却胜过凶猛的武士。中华文明，有了你的记载，从此跨上了飞驰的列车，五千年的浩浩文明史，一路写下来，就是一部不屈的历史，一部奋斗的历史。“人生自古谁无死，留取丹心照汗青”回响在我的耳旁，“我自横刀向天笑，去留肝胆两昆仑”在我的心中激荡，“先天下之忧而忧，后天下之乐而乐”光照千古，成为无数仁人志士的座右铭。

《岳阳楼记》《醉翁亭记》《兰亭集序》《正气歌》，一篇篇华美篇章从我的心头掠过，《行路难》《长恨歌》《沁园春·雪》，一首首精美诗词如珍珠般在我的唇间流动，《荷塘月色》《安塞腰鼓》《长城》，一篇篇现代白话美文书写了新的传奇。汉字，在五四运动中昂然前行。鲁迅、郭沫若、茅盾这些现代文学的开山巨擘，再一次让你焕发青春的容颜，再一次让你吼出青春的吟唱。汉字不倒，汉字不衰，汉字就是我们中华文明坚固的万里长城。

今天，路过您的庙前，我多么想下车瞻仰您，献上我最真诚的祭拜，我知道在祖国辽阔的大地上，在千千万万中华儿女散发着书香气息的桌案上，有您的一滴滴汗水，有您的一缕缕智慧。您伟大的创始精神，感召了一代代不甘平庸，乐于奋斗，愿意把最美丽的青春贡献给时代、贡献给祖国的中华儿女。正因为有了这种精神，才有了今天祖国建设的伟大成就，才有了实现中华民族伟大复兴的中国梦。

路过仓颉庙，我真想停下来，把今日文明之发展一一道来，虽没能遂心愿，但是我相信，终有一天，我会在这曾经让无数文人魂牵梦萦的字圣碑前，表达我的一个心愿：愿中华更好，愿我们的国家蒸蒸日上，愿我们的民族屹立在世界的东方，传达出东方文明的风采。

谁都不会忘记：一个古老的黄土塬，有一座可以矗立千年的纪念碑——仓颉庙。

双城记

韩城和桐城，一个在西北，另一个在淮南；一个在陕西境内，另一个在安徽境内；两者相距数千里，我为什么要把它们相提并论呢？其实，这是因为这两座城市有着太相似的文化底蕴，研究源远流长的中国历史文化时绝对不能缺失了对它们的关注，而它们在历史上也都有过惊人的精彩，乃至如今仍影响颇深。

韩城和桐城，这两座城市，无论在面积、人口还是城市发展规模上，其实都是无法与大中城市相媲美的县级市而已，然而稍有点历史文化底蕴的人，一提到这两座城市也许会不约而同、情不自禁地产生各种丰富的联想。感情的闸门一经打开，你自然就会被历史文化的洪浪裹挟到那个曾经产生辉煌文化的年代里，你不能不为它们的卓越贡献和非凡业绩而惊叹。因为在这两座城市里，都出现过顶尖的文化巨擘。他们，一个是深远地影响了中国历史文化的司马迁，另一个是深远地影响了中国历史文化的“桐城派”文学流派，其中“桐城三祖”——方苞、刘大櫆、姚鼐，当为一代大师。如果把这些重量级的人物作为对比因素，将韩城、桐城和全国的一些大中城市放在一起比，那么，不知有多少城市要黯然失色。

因此，你无论是走在韩城的街道上，还是走在桐城的街道上，切肤感受到的都是浓浓的文化底蕴，那一种浓厚的文化色彩对于氤氲于中国文化里的你来说是挥也挥不去的，抹也抹不掉的。陶醉于其中的你只会产生类似这样的联想——韩城、桐城，虽远隔千里，于气韵上却是多么相似！韩城有古色古香的文庙和太史祠，那是韩城人民在“破四旧”时期经过多少次默默保护才留下来的啊！相传这块土地上“文脉”很盛，名人辈出。自司马迁祠于晋代在“司马故里”建立以来，它就以默默的文化符号启迪着这块土地上的人民，像黄河水那样灌溉、滋润着这块土地。我曾经多次流连于距离家乡不远的黄河岸边的这座名城，探索这块土地的奥秘，寻觅先哲的足音，聆听先哲的教诲，每到此地就会感慨万千，思接千古，意驰万里。

而对于远隔千里的桐城，我何尝不是这样的心理呢？漫步于桐城街上，迎面扑来的也是浓浓的文化气息，先是方苞，再是刘大櫆、姚鼐，他们都会一个个鲜活地浮现在我的眼前，而我的脑海里也会不由自主地涌现出他们那浮雕般的作品——《狱中杂记》《左忠毅公逸事》《登泰山记》。尤其是《登泰山记》，我常常会被先哲那一种无畏向前的勇气所折服，登泰山，本已不易，而又是在这么一个路滑山险的冰雪之际，怕只有让人钦佩折服了。诵读“苍山负雪，明烛天南。望晚日照城郭，汶水、徂徕如画，而半山居雾若带然”的句子，轻声低咏“日上，正赤如丹，下有红光动摇承之，或曰：此东海也”。“山多石，少土。石苍黑色，多平方，少圜。少杂树，多松，生石罅，皆平顶。冰雪，无瀑水，无鸟兽音迹。至日观数里内无树，而雪与人膝齐”就似乎能真正感受到诗人那“男儿自负乔岳身，胸中大海光明暾。即今同立岱宗顶，岂复犹如世上人”的胸襟和气概。“天下文章其在桐城乎！”这是清代文人对桐城的赞誉。桐城文章享誉天下，一时间蔚为大观，其沾溉后人，绵延数代，参与作家之众、播布地域之广、绵延时间之久，皆为中国文学史上所罕见之象。而对于“桐城派”因何产生这样瑰丽、神奇的现象，只要你漫步于桐城这样的文庙林立的古城，那么，巍峨壮观的桐城气派的奥秘也许就迎刃而解了。

桐城、韩城，一南一北两座历史文化名城，犹如我心中的一股泉水，时时在洗涤着我的灵魂，滋润着我的生命，每于夜深人静，它们就会发出潺湲的鸣声，激起我感情的涟漪。在浩瀚的历史长河中，它们犹如王冠上两颗熠熠生辉的明珠，镶嵌在祖国的大地上；也如万里长城的终点和起点一样，形成了遥相呼应的文化格局，对于建构中华历史文明所产生的历史作用，不容低估；而在文化地理格局上，它们也如万里长江和滔滔黄河一样，沾溉造福着炎黄子孙。它们的历史功绩必将永远载入中华文明的煌煌史册，也必将昭示和指引腾飞的中华文明向着一个新的高度进发和前行。

游司马祠

行走在韩城，庙宇楼阁、行宫故居，历史古迹众多，苍松古柏也散发着古朴典雅的气息，耐人寻味，而我总以为，它的厚重，多源于司马迁。但凡来韩城的人，是绝不会错过游司马祠的。

从韩城芝川镇向东，沿着一条宽阔明亮的柏油大道向前走，越过两边民居，眼前豁然一亮，放眼南望，一座高山巍峨耸立，上面翠柏茂松、郁郁葱葱，若隐若伏的祠宇躺在翠柏的环抱之中。

走过芝秀古桥，一座高大的砖木牌坊映入眼帘，遒劲有力的“汉太史司马祠”六个大字熠熠生辉。踩着青石铺砌的进山之路，踏上十几级台阶，便是正门，门匾上一行隶书“汉太史司马迁祠墓”，字体格调清雅，气息高华。进入大门，青石铺砌的小径，迤逦蛇行，直通山顶。道旁青松挺拔，耸入苍穹，松间的山雀清脆的鸣叫衬出山上的静谧。

登上小坡，眼前顿然开阔，一座宏大的祠堂横亘眼前，走近细瞧，上有“汉草书司马迁格言警句展室”的门匾，房檐周围红漆剥落，斑斑驳驳，显示出风雨沧桑。进入宽敞的展厅内，一座座散发着笔墨清香的石碑赫然入目。环视碑石，兀然林立，但见书体或雄浑奔放，气吞万里；或风行雨散，润色生花；或大鹏抟风，长鲸喷浪；或悬崖坠石，惊电遗光。多少文人墨客在这里留下了自己的行迹，留下了那一分对史圣的留恋和敬仰。回想“网罗天下放失旧闻，略考之行事，综其终始，稽其成败兴坏之记……凡百三十篇。亦欲以究天人之际，通古今之变，成一家之言”的太史公，哪里会想到身后的荣耀和高贵？苍苍莽莽的梁山啊，滔滔不息的黄河啊，孕育了这样一位惊世奇才！

走过“高山仰止”的砖木牌坊，极目仰望，巍峨庄严的司马祠卓然屹立于韩奕坡上，松柏环抱，一片苍翠。踩上凹凸不平的石道，沿着千百年来仰慕者攀登的足迹，经“朝神道”踏上攀登祠墓的石级，石级共九十九级，犹如一条长龙，蜿蜒伸向山顶。拾级而上，但觉山势峭拔，眼界开阔；回望身后，但见黄河远去，川塬如画。这超越了人世万物、独居一山的巍峨祠堂啊，伫立在时间的年轮里，默默地向人们倾诉着什么！

饱经风雨剥蚀的“河山之阳”巍然耸立，过此，再上九级台阶，便是被韩城人民誉为“太史高坟”的司马祠。走进祠堂，但见“祠宇堂堂，坊榜将将”，院中古柏参天，花木竞秀，松间鸟鸣啾啾，一片幽静。“史圣千秋”四个大字赫然入目，两旁楹联“刚直不阿留得正气凌霄汉，幽而发愤著成信使照尘寰”给人留下深刻的印象。殿中司马迁坐像，长须飘拂，双目炯炯，刚毅凛然，显示出不凡的抱负和胸怀。殿中碑石林立，多是后人对他的缅怀和评价，其中尤以郭沫若的诗评最佳，诗云：“龙门有灵秀，钟毓人中龙。学殖空前富，文章旷代雄。怜才膺斧钺，吐气作霓虹。功业追尼父，千秋太史公。”这首诗高度评价了司马迁一生的功绩。看到这儿，眼前浮现出受宫刑后的司马迁忍辱含羞在狱中挥毫的悲壮情景，从上古传说中的黄帝时代到彪炳史册的秦皇、汉武，三千多年时光被司马迁积淀成一部“史家之绝唱”。

司马迁墓由青砖镶砌，上嵌有八卦砖雕，据传为元世祖忽必烈敕命建造。墓顶有一株千年古柏，苍劲盘桓，如巨掌撑天。柏上鸣雀跳跃，叫声凄凉，似在叹惋那一段凄美的历史。墓旁也是古柏环绕，浓荫蔽空。在千年古柏的近旁，卓然玉立着一株青翠的柏树，与这株千年古柏相映成趣。随后，我有幸看到了唐代著名书法家褚遂良撰写的《梦碑》一文：永徽二年九月，余刺同州，夜静坐于西厅。若有若无，犹梦犹醒，见一女子高髻盛妆，泣谓余曰："妾汉太史司马迁之侍妾也，赵之平原人，姓随名清娱。年十七事迁，因迁周游名山，携妾至此。会迁有事去京，妾缟居于同，后迁故，妾亦忧伤，寻故，葬于长乐亭之西。天帝悯妾未尽天年，遂司此土。代异时移，谁为我知？血食何所？君亦将主其地，不揣人神之隔，乞一言铭墓，以垂不朽。余感寤铭之。铭曰：'嗟尔淑女，不世之姿。事彼君子，弗终厥志。百千亿年，血食于斯。'"可惜，如此珍贵的碑拓却没有流传，这段凄美的《梦碑》故事却把人们的神思带到了那悠远的时空，让人们为那位矢志不渝的女子洒一掬同情之泪，更为太史公那牺牲许多的悲剧人生而叹惋怜惜。我不由得把那株奇异的柏树与《梦碑》故事联系起来，莫非是随清娱精诚所至，感而有灵？鉴于此，故随行赋诗一首以示纪念：

苍苍梁山，郁郁翠柏。
史公之祠，高兮传兮。

悠悠居水，凄凄嘤鸣。
清娱之志，感而有灵。

我们一行下山，已是夕阳西下，眺望身后，已是一片苍翠和辉煌。

烟雨中的韩城老街

我喜欢韩城，有一半是因为弥漫在心头的老街情愫。

我曾经多次流连徘徊于韩城老街，踏着老街青石板铺就的老路，嗅着散发着浓浓古韵气味的空气，一切似乎都很陌生，一切又似乎都很熟悉。

韩城老街的建筑一律是青瓦灰墙、飞檐翘角的小阁楼，整齐而又不板滞，灵活而又不轻浮；这样的建筑让人容易动容，也很让人迷恋。这里没有车马的喧哗，也没有小商小贩的吵嚷，一切都很平静，一切也都很典雅。这样的宁静似乎有一种强大的吸引力，又仿佛是一块磁铁，紧紧地吸引着游客的脚步。

雨天，老街出奇地静谧，让你能切身地感到韩城不愧是一座历史文化名城，似乎自司马迁始所产生的文化效应都浓缩到这一条条古老的街道里来，让你不能不认真品味，细细思索。

是啊，烟雨中的韩城老街就像一个古老的意象，牵动着无数游客的心。我想这里一定是容易让诗人们或者画家们产生灵感的地方，也应该是最能触动诗人们或者画家们灵魂的地方。因为这里的每一片瓦、每一块砖、每一座建筑都浓缩着历史的分量，氤氲着历史的古老气息。

慢点、慢点，请让我们慢慢地移动脚步，不要惊动了这一份厚重，这一份清雅。漫步于这里，我们似乎找到了古典的韵味，想到了青衫，想到了旗袍，我们又仿佛回到了汉唐，回到了宋元明清，回到了诗意弥漫的青瓷文化时期。

啊！韩城老街，烟雨中氤氲的迷蒙氛围，让我不能不怀古，不能不想到熟悉的古老的江南小镇，不能不想到文天祥笔下悲伤的金陵驿，不能不想到韩城这块古老的土地上诞生的诸多文化巨擘、文化精英。自明朝后期，韩城就流传着“朝半陕，陕半韩，韩半解卫”的说法，意思是，朝廷官吏中陕西籍贯的人较多，陕西籍的官吏中韩城人较多，而韩城人做官的又以解、卫两家为多。韩城人这话，好比江浙人的“天下文章数三江，三江文章数吾乡”一样，都是自豪之词。在科举鼎盛的时代，韩城的文脉之盛不能不让人肃然起敬。这里，除了诞生了像司马迁这样震古烁今的文化巨擘以外，还诞生了一位乾隆年间的状元王杰，亦颇为驰名。据传，一位山东儒生很不服王杰的文采，想以山东历代名人压倒王杰，就霸气地出了一上联：泰岱千峰孔子圣孟子贤自古文章传东鲁。王杰一想，此人傲气十足，不给点厉害是不能让他服气的，即用以牙还牙的办法对出下联：黄河九曲文王谋武王烈历代道统在西岐，令山东儒生哑口无言。遐想历史，漫步街道，如果真不能留下点感慨或者作品，那真是很遗憾的事情。

韩城老街就像一张蒙蒙地泛着青晕的老照片。我登上街口北边的金塔，此时，蒙蒙细雨依然下着，燕子翻飞，是“旧时王谢堂前燕”吧，而今，“飞入寻常百姓家”。眼前一片迷蒙，到过江南古镇的人一定有这样的感觉，老街还真有点江南古镇的韵味，不过就是缺少了江南那么多的水。

但是在老街的南门，有一条清清的河水静静地流过，柔柔的，一淌就是千年。河上一座小桥，小桥边一间小亭，也是古典韵味，飞檐翘角的。老街的南北布局搭配得竟然这样和谐，这样巧妙。于是，一幅画卷就清晰地呈现在了我的脑海之中，这样的意境真令我沉浸其中。

登上小桥，漫立远视，蓦然，一位婀娜女子从身边轻轻走过，静谧的气氛，不能不让你恍惚间产生诗经里“所谓伊人，在水一方”的感觉，或者是戴望舒《雨巷》里的一位丁香般结着愁怨的姑娘的意境，是那样令人怅惘，令人迷茫。

难忘啊，烟雨中的韩城老街……

回味韩城党家村

我一直对古镇文化有着特别的偏爱，不知是崇拜古镇文化悠久的历史，还是潜意识里感觉古镇文化本身就是一首充满意境的诗；或许是性情里有一种喜爱幽静的情调，感觉这一种情调也许只有在古镇悠然的文化情境中才能得以实现。于是，无论是对于江苏的周庄，还是对于浙江的西塘，抑或是嘉兴的乌镇，我都充满着无限的向往之情，期望在有生之年能够到这些令自己神往的古镇走上一遭。

案头存有一本天下名镇旅游书，书中图文并茂，较为详细地介绍了国内知名的古镇。在众多的名镇之中，像周庄、西塘、乌镇等都距离很远，不是一时半刻就能实现梦想的地方。然而在这一片个性独特的众多的名古镇之中，却有一个充满着明清浓郁文化底色的北方古镇吸引了我，这就是韩城的党家村。韩城的党家村距离我的住地不远，乘车十分方便，两三个小时就可以到达。六年前我在一个火热的六月乘车前往，完成了自己对天下名古镇之一的韩城党家村的游览。与此同时，我还游览了韩城古色古香的老街和庄严矜持的韩城文庙，最后拜谒了司马祠。这一趟游览回来，我先后写了《游司马祠》《烟雨中的韩城老街》两篇文章，唯独遗憾的是没有写党家村，于是，在自己情有独钟的悠久的古镇文化面前总感觉欠了一笔债。

韩城党家村是北方古镇的一个典型代表。它不像江南古镇那样具有鲜明的水乡特点，充满了灵性与活泛甚至自由。韩城党家村布局的风格犹如一本醇厚的伦理书，充满庄重与典雅，仔细品味阅读，好似从书页深处透露出来的都是北方农耕文化的淳朴味道。这里崇奉着的是耕读传家的文化精脉，血管里流淌的是中正平和的儒家观念，门楣题字或是墙上的砖雕无不显示着党家村古人对于科举功名的崇拜向往。规矩整饬布局严整的四合院无不显示着封建家庭的权威和尊严，宽大的院落和庄重的正房与两边排列的数间侧房则显示着繁衍旺盛的家族及其殷实富有的生活。高墙大院是北方民宅的共有特点，巍峨壮观的门楼也是北方民居的一种特有的装饰和追求。门楣刻字显示主人家族的荣誉或追求，在这里，明显可以看到一种竞争的文化氛围。由于崇尚读书的理念非常浓重，故而从党家村里走出了众多秀才，也有不少举人与进士，据统计，几乎半数家户取得了功名。这样的功名成绩在科举时代是全天下为数不多的现象。

走进党家村，石砌的巷道和错落有致的建筑群体相得益彰，从完整保存到现在的结实规模都可以显示出党家村人曾经的富有和辉煌。精致的门雕、石雕、砖雕、拴马桩等，形象鲜明，栩栩如生，可以想到，这些都是一些大户人家才可具备的讲究和规模。村中高高矗立的宝塔、坚固的城墙、耸立的看家楼、神秘的泌阳堡以及夹层墙哨门等，让人想到党家村的人家不是一般的等闲人家，党家村的居民也不是一般的乌合之众，党家村是一个有着严密血统意识，有着严密规划，有着严格家族制度和组织秩序的一个家族部落。可以想见，没有几百年整饬而得的家族纪律，是无法把整个家族建设得如此完美和坚固的，而且历经战乱而不遭兵燹，完美存留到今，这真是民居文化史上的一个奇迹。

富有和殷实的生活也是党家村人重视儒家文化教育的物质基础，这里排列着挺拔的文星阁、神秘的避尘珠、华美的节孝碑以及散发着书香气息的私塾书院，使得党家村人透露出与众不同的文化书香气息。在这里，儒家、道家、阴阳家、兵家、商家等文化交融兼备，可见党家村是一个善于学习而又兼收并用的家族部落。党家村据说村容如舟，房屋建造符合传统阴阳八卦之说，选址均合古代堪舆之术，是古代风水堪舆之术的集大成者，具有深厚的研究价值。“舟”形的村落似乎体现着党家村人具有利行八方的商业观念，这又是党家村人富甲一方的原因之一。来到这里，村民们热情的款待和笑迎八方宾客的态度显示党家村人继承了先祖和气生财的固有传统。菩萨庙、关帝庙是道家文化的充分体现，可以看出，党家村人在尊奉儒家文化的同时也不排斥道家文化，显示出党家村人灵活的一面。在这里，四通八达的巷道也有着古时防止兵乱袭击的特点，因而也体现着兵家攻防兼备的文化理念。仔细回味起来，想不到这么一座明清时期的建筑竟然能够汇聚多种文化元素，实乃一大文化奇迹。

现在追溯起来，过去不能下笔，实在是因为党家村文化古韵深厚，意味深绵，难以找到合适的切入点。如果按游记来写，恐又怕犯肤浅的毛病；而若按重要的景点来写，又难免有旅游介绍之嫌。这恐怕是我当时实在写不出的原因吧。然而事经六年，再回味，抓住党家村村落的文化精髓来写，我想这是对党家村古镇文化的最好诠释吧。

洛水悠悠瓷韵情

汤汤洛水，自北向南缓缓流过，一路经山逢丘，挡不住美丽身影，昂首挺胸奔向大河，汇入大海。

我踏上这块美丽山丘，望着绵延起伏的山川，不由得感慨万千。是啊，这里曾经辉煌一时，到处是云烟缭绕、人声鼎沸的场面，这里的瓷窑一片连一片，顺着川道一直延伸到洛水之旁。美丽的洛水灌溉滋养了沿岸的人民，也在悠悠的千载风情中，摇曳着瓷窑铿锵的美丽音韵。

瓷窑曾辉煌于二十世纪七八十年代，此时它已绵延了数百年的岁月。起于明代，穿过清朝、民国的烟云，一代又一代的瓷窑艺人，把这造福子孙后代的技艺接力棒传递给了数十代子孙后人。然而止于二十一世纪之初，这一座座瓷窑在市场经济的选择下，终于寿终正寝了。

望着漫山遍野荒草萋萋的瓷窑，一座座熄灭了火种不再喷吐青烟的瓷窑，一种荒凉的感情爬上了你的心头，不由你不发思古之幽情、感伤之情怀。因为这里人烟之阜盛，车辆之往来，城池之高大，庙宇之众多，街市之繁华，曾经为一时之雄。

如今，虽然那些衰败的街市门面风光不再，但从它们那镂刻着精致花纹的门楼上依然可以看到往昔的倩影。而它们的光辉历史，如今只保留在那些长了岁数的老人的心中，提起当年的瓷窑，老人们能把那一段繁华的历史复活。

古塔见过什么，见过一辆又一辆的马车拉着那从瓷窑里涅槃过的矸石坯。那一个又一个在烈焰中升腾，成为一个又一个有生命的瓷制品，就这样在马车的摇摇晃晃下，在洛水岸边发出一阵又一阵优美铿锵的乐音，摇晃了几百年，摇醉了洛水，摇醉了窑工，摇醉了沿河两岸的人们。

锅碗瓢盆交响曲从此拉开，老太太新媳妇都爱把那磨制的米面放在那厚实的瓷瓮里，新媳妇大姑娘都喜欢把那一双双纤手在那瓷盆里搅弄，搅弄搅弄就把那白花花的面粉做成了玉般的面条、饺子皮、麻食。更有豪壮的汉子能端起盆般的大碗大口咥羊肉泡馍，大碗咥关中扯面。清清腻腻的菜籽油会盛在一个个精致的油光的细盆里，以至于那清香的菜油籽愈发清香、愈发金贵。而那些还保存着粮食的大瓮依然结结实实地诉说着瓷窑的过去，诉说着母亲的辛酸历史。是啊，如今走到这一个个大瓮面前，你该怎样告诉它们，它们的母亲如今悲惨的命运？

是历史选择了它们，也是历史淘汰了它们。瓷窑在漫漫岁月中仅仅是安于现状，裹足不前，在竞争日益激烈的经济大潮中落伍成为必然。倘若瓷窑能在一代又一代的艺人手中更新创造，又怎么会面临如今这样的命运呢？据老人们讲，瓷窑也生产过一些细瓷，然而在一代又一代的传递中，并没有很好地发展，反而一代不如一代，这真是悲哀！先人没有蹉跎岁月，从建窑到创制到发扬光大，那是他们的业绩，不容否认。然而子孙后辈仅仅一味地墨守成规、坐吃现成、不思进取、不谋创新，那也只能导致今天关门停业的悲惨后果。

遥望悠久岁月，我无法想象那些瓷器能在大西北一代称雄，进入千家万户。然而今天，我的眼前除了留有一两个民间艺人守着旧窑生产一些工艺品，以为前来参观的人们留作纪念外，我再也感受不到瓷窑曾经的辉煌了。

如今，在数百年间为西北经济发展作出过卓越贡献的尧头窑，已经被列入国家非物质文化遗产名录。而当每一个参观者来到当地博物馆时，都可以抬头看到一行醒目的标语：让我们在历史文化的发展中得到启示和动力。这句话好像在对尧头窑说，也像是对每一个子孙后代的提醒。

雨中游尧头老街

早有去看尧头窑的想法，也有去尧头老街一看的念头。在出发之前，又听朋友说著名作家贾平凹今春还专门拜访了一次尧头，是以个人身份，没有大张旗鼓。我想，尧头窑有什么稀奇竟然让老作家悄然前去。在我个人的意识里，老作家一定是又有什么新的创作，然后又不动声色地前去体验，之所以一个人悄然前去，一定是不愿他人打搅自己感受这个古迹的气氛和心情。作家们的脾气大都如此。他们为接受自然之灵感，往往喜欢只身前往某地，这样也许更利于自己与自然、与古迹直接对话。

看到华盛陶艺竟然把熄灭的千年窑火点燃，把这个已经失落了辉煌和荣耀的古窑传统技艺和深刻文化内涵重新做了一番打理，经过一番技术借鉴，做成了继承千年窑火古风、传承千年窑火底蕴、秉承中华文明内涵的黑瓷艺术品，我的眼前一亮，遂决定前去华盛陶艺厂感受一番。恰值秋雨连绵，天空云气氤氲，一会儿是细雨蒙蒙，一会儿是雨骤风紧，看看毫无晴朗的样子，遂决定不等天晴，冒雨前去。好在杨总已经备好了车，他的热情由此可见一斑。

不长的一段路途，过西河大桥，走段庄，从安尧路南下，走曲曲弯弯的乡村水泥路，二十多分钟就到了华盛陶艺厂。杨总热情地做了招待，吃了一顿便餐后，我便和杨总打伞前去尧头老街。

老街不远，步行一百多米就上了正道。可见，杨总的厂子选择的地理位置十分优越。走在老街水泥铺就的路面上，仰头一望，一棵老槐树上挂了一个小小的牌子，上写“中国传统村落保护区”。眼见为实，可见尧头老街已被纳入国家文物保护区域。尧头老街狭长，这是中国传统村落的特点。两边是年久失修的老民居，衰败破落的面貌显而易见。还以为像老街这样的模样已经彻底没人居住，谁知向前走，竟然见一中年妇人搭起了帘子坐在屋内打毛衣，似乎认识杨总，看见就打了声招呼，杨总也礼貌性地给予回应。有人居住的老街似乎一下子给老街注入了生气，让人感到暖暖的。杨总说这里居住的人家不多，就四五家的样子。我们向前，就再也没有看见在此居住的人家。见到的只是高高低低的民宅，有的大门紧锁，有的门颓墙倒，里面的窑洞一览无余。从一个挨一个的民居来看，这里以前确实是一个人烟阜盛的古镇，只是随着尧头窑的衰落日渐荒芜了去。转过一个弯，眼前豁然一亮，一道沟壑面前搭起了一座浮桥。杨总介绍这是文化局在规划景区。看得出来，随着尧头古镇历史文化价值上升，文化部门已经有所作为了。走的是弯弯的小路，不过这小路铺得都着实不错，遇沟沿处，文化局加了护栏。嵌入瓷瓮残片的路面十分显眼，默默地告诉着人们这里曾经的故事。

沿途风景开阔，尧头地处山区，山原起伏，川道蜿蜒。映入眼帘的有不再喷吐青烟的尧头陶瓷厂。高大的烟囱在孤独地诉说着曾经辉煌的历史。废弃的灰渣堆集在一处，已经成为见证昔日繁华的历史古迹。这些，也已经被国家文物部门纳入保护范围。稍远处，隐隐约约的地方，有一块站牌样子，杨总告诉我，坩土就是从那里采的。距离不近，看来做什么事情都不是那么容易的。坩土，我在杨总的厂子里见过，我奇怪那怎能叫土呢，分明是矿石的样子，灰灰的颜色，一片又一片的，与黄土的颜色迥然有别。我曾经用脚踩了一块，但是却不如矿石硬，一踩就碎了。从硬度上，可以看出它和平常土的质地差不多，只是颜色有别。杨总告诉我，准确地来说它叫高岭土。天地也就奇怪了，把这一种土质生长在这里，然后又让生生不息的先民们发掘开采，创建成了天下赫赫有名的尧头窑。在窑火熊熊中，一个个泥坯就变成了各式各样的家用器具，大的如瓮，小的如盆、罐、瓶、碗等。为了消除审美疲劳，手艺人还在一些罐、瓶、碗上面印上图案。这些丰富多样的图案有中国传统文化里的梅兰竹松，还有各类祥鸟、走兽。我从华盛陶艺收集的明清两代的黑瓷品上切身感受到了尧头黑瓷的艺术魅力，感受到了传统陶艺的伟大价值。途中，除了土地没有荒芜以外，那些已经废弃的座座冷窑灰头土脸的，让我再一次品到了荒凉之美。沿途民居有的已剩残垣断壁，有的破烂不堪。那些老树枯枝还冒着青绿，更增添了风雨沧桑的历史感。看到这些景象，我用相机拍摄了下来，遂想起了张贤亮的《拍卖荒凉》。是的，这里的荒凉足以和他的媲美。保存着吧，这就是历史的真实面貌。走到这里，我们才可以和历史对话，和先民对话。杨总说，以前的尧头老街一到晚上就是灯火通明，万家灯火的。街道上有提着马灯给烧窑的父辈们送饭的孩子们。一到黎明时分，就能听到骡马嘶鸣、胶轮车吱吱转动的声音，那是早起拉瓮或者拉煤的人们。

雨淅淅沥沥地下着，天阴沉着脸，云层依然很厚，看不出雨有要停的样子。我们的鞋、裤脚都被雨打湿了。中途路过一户人家，竟然还有人烟，我非常高兴，遂和杨总决定拜访。老人家老远就喊："到家里避避雨，歇歇脚。"老人家的热情让我们非常感动。老人精神的劲头儿十足，说起居住的窑，老人说已有几百年的历史了。虽然老，但很结实，已经住了几辈人，下雨从来没有漏过。老人很骄傲的样子，难怪尧头老街村被认定为"中国传统村落"。老人继续说，不只他的窑很老，村子里还有老的，乾隆年代的窑都有。原来如此，我们路过的残垣断壁，或者屋厦尚全的院落，或者稍有修葺的祠堂，竟然都是经过风雨沧桑的百年民居。古老的戏台就有两座，说起这个，老人很精神的样子。这足以见证这里曾经是人们休闲、娱乐的好去处。宋、李、白等姓氏的祠堂依然在，足以看出以前的儒教文化之盛。在老人的印象中，众多的窑神庙都被破坏殆尽，荡然无存。“靠山吃山，靠水吃水”，靠窑吃窑的先民们也很敬奉这里的神灵，是这里得天独厚的材质和煤矿给予了他们曾经的财富和繁华。当地人们是不会忘记这块土地上的神灵们的，故建造窑神庙之风很盛。烧窑也不是那么容易的事情，要掌握好温度和时间，才能烧出优质的瓷器。除了技术之外，也许老窑工们还信奉神灵，期望神灵能给自己带来好运。在科技文化落后的古代，这样的做法也许可以让人理解。

如今的华盛陶艺烧窑不再用老窑，也不再用煤，而是采用了现代机器设备，使用现代燃气，既环保又节约。我在杨总的带领下目见了这一切。虽然技术更新了，但烧窑仍然是很操心的事情。瓷坯是经过技师们细细琢磨了的，但有时却烧出了残品，令人痛惜。须知这些瓷坯都是师傅们日日夜夜手工做出来的，成了残品，也就前功尽弃了。能不可惜吗？但是在这些发生过问题的瓷器里，却有一种瓷器也许因为温度过高，结果却歪打正着成了绝品。介绍产品的员工告诉我，那叫“窑变”，是不多见的。我看了一件，感觉晶莹剔透、灰里透红，真是窑制品中的绝品。忽然想起了青花瓷，青花瓷的成熟不也是需要一次天与地的奇遇吗？而这件产品，不也是有点天意吗？看来这个个充满灵性的黑瓷艺术品，真如凤凰涅槃了一样，在古老的山塬上飞舞、升腾，带着汉唐的神韵、元明清的典雅，歌唱着一个民族的灵魂。在它们的面前，我竟然要沉醉了！

探寻邓艾墓

没想到在距离家乡不远的地方竟有这么多人文景观。东有中国爱情诗之乡——《关雎》篇之地的黄河湿地，南有高峻险拔直插云天的五岳之一的神奇华山，东北则有巍巍千古高坟——汉太史司马祠，西北则为造字之祖仓颉的祠堂——仓颉庙。今天我探寻的是位于西南方向的三国名将邓艾之墓。

邓艾是三国赫赫有名的战将，与钟会齐名。然而论及才干，我认为邓艾还在钟会之上。且不说邓艾以兴修水利之策强盛国库之储，单论伐蜀一役，他以奇兵袭击蜀国后方，直捣黄龙，令蜀汉瓦解投降，早早结束战斗。而且在蜀汉投降之后，邓艾不仅没有大开杀戒，而且进一步安抚百姓，约法三章，很快就稳定了当地局面，深受蜀地百姓称赞。邓艾此举，真可谓大智大勇大仁大义。邓艾担任安西将军以后，多次与诸葛亮的得意传人——姜维交战，令姜维感到颇为棘手，而且姜维在邓艾面前又是多吃败仗。邓艾的出现，成为横在欲出祁山进取长安，夺取中原的姜维眼前的一座大山。当邓艾、钟会伐蜀大军攻打蜀国处于胶着状态时，邓艾主动出奇计，身先士卒，不畏艰险，从山险小路穿插过去直入成都。此举最初还被钟会耻笑，认为是愚蠢之举，不料邓艾却以“出其不意，攻其不备”之策最先实现了“斩首”行动，可谓古今战史上的首例。成功地以最小的伤亡结束了战斗，也迫使姜维率领数十万大军投降魏国。可以说，没有邓艾的“擒贼先擒王”的战略行动和成功袭击，就不会有钟会大军的顺利结束战斗。灭蜀一战邓艾之功居于首位当之无愧。在三国并立连年战争中，老百姓苦不堪言，频仍的战争一步一步加深老百姓的痛苦。因此，只有结束三国并立的局面，只有使天下迅速统一才能早早结束战乱，百姓才能过上舒坦日子。而邓艾的功绩，就无疑是写在加快国家统一大业中浓墨重彩的一笔。然而邓艾之功，却受到同僚钟会的嫉妒。钟会多次诬陷邓艾有谋反之意，采取借刀杀人之计除掉邓艾，可惜一代名将没有死在敌人之手，而是死在了自己人的屠刀之下。

邓艾之死可谓冤矣！带着对邓艾的崇敬我沿洛河西岸出发。滔滔的洛河水从高大的山川中间穿过，两边是层层的梯田，起伏不定的山脉，当然还有那无边无际金黄的庄稼。山峡间猎猎长风从我头顶刮过，远望一派壮阔的山原画面令我赞叹不已。如此雄美的山川，难怪能成为古今藏龙卧虎之地。在这里，有曾经驰名天下的龙首坝——被后人称为民国第一坝。而其设计师则是民国著名的水利专家李仪祉。沿着这条线还有著名的征邑漕仓遗址、人宗庙等古迹。这里真是山河胜地，人文渊薮。壮美的山川本身就有一番独特的魅力，再加上这些人文因素就让这里变得更瑰丽多姿了。行程虽不算远，但经过两次三番的询问，邓艾墓终于出现在了我的眼前。

那是一个笼罩在青翠的草木之下的高高的土堆。这个土堆由于和周围平旷的土地形成了鲜明的对比，不难看出，这就是老人们口里描述的邓艾墓。眼前的邓艾墓的确不同寻常，墓土堆高大雄伟，南北东西长度都在五六米之上。像这样大的坟墓我还是第一次见到。不过，听老人们讲，这个墓原来更大，由于人们的长期取土，才使这座墓落到现在这个模样。可惜的是，这样一位赫赫有名的人物，目前人们除了不再破坏以外，也没有采取任何措施对其坟墓进行保护和维修。而据有关文字记载：司马昭的儿子司马炎建立新政后，知晓忠臣邓艾父子被害的事实真相，也知此案是当朝最大冤案，天下痛心孰不可忍，终于下诏为邓艾昭雪，封其孙邓郎为郎中。在先祖昭雪之后，邓氏家族为缅怀先祖的威名功绩，在朝廷和地方政府的大力支持下，开始重修宏伟的祠堂和坟墓，并在墓旁筑一窑洞派人守墓。墓地四野皆土岗岭，洛河从侧流过。“邓艾墓墓冢封土呈覆斗形，坐北朝南，原墓基封土高 6 米，底边长 15 米，宽 13 米，墓前曾有祠堂一座(现无)，墓冢上留有碑石两通：一为前秦苻坚建元三年（公元 367 年）三月所建，碑文魏书，有一定艺术价值，于 1970 年移至西安碑林博物馆保存（墓冢上现仅留碑石底座）；一为大金承安四年（公元 1199 年）十月所建（由于字迹剥蚀，年号不确)，现仍耸立墓上。两篇碑文均为重修《魏邓太尉祠记》。”网络上如此记载。我在四周无人的正午环绕青冢并站在不同的方位拍了几张照片，一代名将的墓冢冷冷清清，不能不让人感伤。

后来，为了进一步探寻，满足我的好奇心，我登上了墓顶。墓顶是一片杂草丛生、草木萋萋的景象，虽然时值中秋之际，多数植物已见枯黄，然而奇怪的是这座墓顶上的植物却仍然郁郁葱葱，丝毫不见枯萎之状。而其中一种植物繁殖得特别多，叶子繁茂，干茎高大。我惊诧于它的生命力，可是自己却又叫不上来它的名字，真是遗憾！努力登上墓顶后，我拨开植物的枝叶，看到了墓顶上果然如文字记载的一样有碑石一座，另有石底座两个。有碑石，就一定有文字记载，带着这份喜悦我仔细辨认碑石上面的文字。也许由于年代久远，上面的碑文已模糊不清，只是在我用纸擦拭之后，有些文字才能够看得出来。文字是文言形式，残存残隐，如草蛇灰线，依其中之意我已经能看出端倪。另外就是和文字记载里一样的残存的瓦片。这些眼见的确不能让我满意，因为在一些老人的口述中，邓艾墓顶先前还有建筑，墓前也有碑石，碑石上还有邓艾像，听老人说这些都在“文化大革命”时期被破坏殆尽了。当今正是重视文化建设之际，我想像邓艾这样大忠、大智、大勇、大仁、大义之先贤，实在不应该让他的坟冢这样荒凄下去。民众或者文物部门应该适当地修复一下，并传播史实，这样也有利于弘扬传统文化，弘扬优秀的民族文化精神。对于激发青少年学习先贤的崇高品质和爱国精神，这不失为一块当地文化教育的丰厚资源。

当然，像很多名人的墓地之真伪存在争议一样，邓艾的墓也有两说，另一说是在四川的剑阁县北庙乡孤玉山南麓，推论者的证据是邓艾是在被押送剑阁的途中被杀的。因剑阁离关中洛河有千里之遥，故运尸过来是不可能的，唯一的办法只能是就地掩埋。邓艾的部下大都是中原人，他们为了不让邓艾的灵魂客寓异地，故人人携了一抔黄土，将邓艾衣冠葬于此地，以示纪念。也有说是邓艾被杀后，其族人逃难，看到此地枕山依河，风水极好，故将邓艾葬于此地。有依此说者，是因为这里大都是邓姓人氏，他们自称是邓艾后裔，这里最初村名为“邓公堡”。依据史书记载，此说也不无道理，不然何以这里曾有巍巍祠堂和壮观的坟冢？存在即是合理的，无论是剑阁还是洛滨，都有相当的文字史实记载。可见，邓艾之一生，是受到千百年来人们的普遍肯定的。而对于这样一位被人们所普遍认同的历史人物来说，墓的真伪是其次，重要的是墓主的精神，以及墓主一生所给予我们的宝贵启示。但愿我们能珍视历史留给我们的一笔宝贵的精神财富，不要让它湮灭在萋萋荒草之中。

拴马桩，一座城市的神秘符号

对于这座城市而言，没有留下多少宝贵的文物，自然也就没有留下多少考证这个城市历史的记忆密码。然而，当一个个散落在庄户人家门前的拴马桩引起了有关专家的注意后，拴马桩的名声，也就不胫而走了。

拴马桩，原是一些上面雕刻有人、兽造型而用来拴马的石桩。这些石桩高低不一，有的一人多高，有的与人肩齐，还有的刚到人的膝部。那些最高的拴马桩形态各异，上面有刻一狮的，有刻一貔貅的，有刻一人手搭眼眉眺望，好似在侦察什么的。狮子和貔貅象征着威权和财富，一个象征主人的宅院不可侵犯，另一个昭示主人的财富不会流失。凝望着这些一人多高的拴马桩，总能让人想到它们的拥有者的不同寻常的身份和地位。而那些与人肩并齐的拴马桩，则显得含蓄中庸，既不像那些高过人头的拴马桩那样趾高气扬、威风八面，也不像那些刚到人膝部的拴马桩那样低眉顺眼。它们的雕刻丰富多彩，有人踩蛤蟆的，有猴骑人肩的，也有猴骑狮子的，还有的像怒目圆睁的武士，丰富多彩的样式显示了平民性和灵活性，让人感到亲切，既不目空一切，也没有小家子气。

我不知道眼前矗立的这些拴马桩有多少年的历史，也不知道这么多的拴马桩都是从哪里而来，更不知道这些拴马桩被文物专家注意后究竟发生了多少故事，反正这些拴马桩实实在在地保存了下来。然而转来转去，这些拴马桩还是应该属于这座城市，因为所有的拴马桩都集中在了这里。当然这种集中不是随意决定的，决定它的还是拴马桩。因为拴马桩就是这里的主人，拴马桩的家就在这里。这里是它们的故土、热土，它们的价值就在这里，谁也不能把它们搬走。

拴马桩，有多少年的历史，也许还没有人细细地考证过，但就石人的形象来看，有人认为是胡人形象。因为这些人脸庞宽大，眼球暴起，威武凶悍，远迥于中原人的慈眉善目。“胡人南下而牧马”，能牧马的，而且能入主中原这么久的，又深受汉文化同化这么久的，只有在这块土地上建立统治权较早的金元时期。因为在这些拴马桩的附近就挂着一口铁钟，重达几吨，上面刻着金代的年号，这件罕见的文物足以验证这样的推断。

拴马桩的兴起，无不与马的兴起有关。马，在古代，实在是一种与人类祸福兴衰息息相关的动物。按眼前这么多的拴马桩推断（这还仅仅是残留下来的，那些废弃和毁坏的不知又有多少），假如把那些在战乱中被人为破坏的拴马桩加起来，我想也是一个庞大的威武阵势，不亚于兵马俑。能拥有这么多的拴马桩，就一定拥有数量不少的马。汉民族，是一个典型的农耕民族。而作为农耕民族，哪会拥有这么多的快马呢？加上汉人素以“马背上的民族”来称呼胡人，因此可以大胆地推断拥有这么多拴马桩的是胡人，或者是“胡汉融合”的后代。于是，这座城市的神秘历史在这些拴马桩的启示下打开了它尘封的大门。

我是从哪里而来？我虽然生在这块热土上，然而我的父辈早年间却都生活在黄河岸边。在黄河岸边有一个著名的古代关口，名为大庆关。大庆关在哪里？大庆关在秦晋的交界处，那里原是一个战略要地，是兵家必争的要道。进，它是通往中原的门户；退，它是护卫长安的第一道关口。真是“山河表里，表里山河”。听大庆关名容易让人以为是在山西界内，因为山西自古就是关隘众多之地，以“关”命名的地名太多。远的不说，著名的就有“娘子关”“平型关”“雁门关”等。古代兵家有“得山西者得天下”的说法，这从侧面反映了山西的战略意义，抗战时期八路军就把它作为抗日的根据地。然而大庆关后来呢？“三十年河东，三十年河西。”黄河的改道淹没了这道美丽的关口，失去家园的祖辈们流落到了这里。作为他们的后代，我有幸见到了这么多的拴马桩，而这些幸存的拴马桩也让我看到了这座城市的历史。

是的，我们每一个人都有权利探讨自己的历史、自己的未来。而对于一块土地，同样也有探讨它自己的权利。在中华民族的历史长河中，虽然有过长久的和平，但也有过长久的战争。无论是胡人还是汉人，在悠久的历史演变中都已经融为一体、血脉相连，成为中华民族大家庭中不可分割的一员。这对于那些妄图搞分裂的极端民族主义分子来说，应该搞清自己来自哪里，想把自己从中华民族里分割出去，无疑是自断手足，自伤眼目。战争、洪灾、瘟疫，等等，在历史上，在中华民族这块古老的土地上，是连绵不断的。由于各种原因，产生了民族迁移，而民族的迁移却无形中促成了民族的融合、民族的团结。所以不用问我来自哪里，我来自这块土地；也不要说这块土地属于谁，它属于这块土地上的人民。

第五辑　关中名邑

八百里秦川

我是陕西人，我的家乡在陕西，我以自己的家乡为自豪。陕西地分南北，秦岭以南为陕南，黄龙山以北为陕北，而夹在这两山之间的区域就是久负盛名的关中平原。如果说陕北以红色革命之圣地而闻名，陕南以汉水流域文化而驰名的话，那么，关中平原则以它悠久而丰厚的历史文化资源而享誉天下。

作为陕西腹地的关中，之所以能拥有其他地方所没有的丰厚的历史文化资源，我想离不开关中的地势特点。关中有一个美丽的称号——“八百里秦川”。先看这八百里秦川，它南倚秦岭，北界北山，西起宝鸡峡，东至潼关，东西长约 360 千米。倘若乘车从潼关出发，向西则是一马平川，浩浩荡荡，平平坦坦，难怪这里曾是古代兵家必争之地，也是大秦王朝之所以崛起的强大的资源依托。因为地势平坦，加上汤汤的渭河贯穿其中，因而此处土地肥沃，农业发达，经济活跃，文化繁荣，成为华夏文明著名的发祥地之一。

“关中自古帝王州”，陕西关中的西安附近，是中国古代历史上建立朝代最多的地区，共有大小 13 个王朝在此建都，先后有 71 位皇帝在此加冕登基。而在这 71 位皇帝中，有 59 位埋葬在陕西。而已探明的八百里秦川上的帝陵就有 57 座。而在这些帝陵中，享誉天下的就有千古一帝的陵寝，位于西安的骊山山麓，但至今仍然是一个谜。司马迁在《史记》里记载："穿三泉，下铜而致椁，宫观百官，奇器珍怪徙藏满之……以水银为百川江河大海，机相灌输。上具天文，下具地理，以人鱼膏为烛，度不灭者久之。"司马迁记载的这些到底属实与否，也是一个值得商榷的问题，但是作为第一部信史的作者，司马迁一定也是采集了大量资料而记述的，一定不是信口开河。关于"水银为百川江河大海"这个说法，现代人也用卫星遥感探测发现了这里地表含汞量特高的现象，这表明司马迁记载的没有错误。根据史料记载，秦始皇把生前的所有荣华富贵都带入了地下，人们根据史料记载也想象出了秦地宫的模样——地宫里陈设丰富，六国宫殿，阿房宫，日月当空照，水银为江河，而秦始皇的棺椁则漂浮于水银江河中间，他正享受着另一个世界的帝王生活。关中的陵寝之多，足以说明这里是一片风水宝地。但是，坊间却有一句谚语："南方的才子，北方的将，陕西只会埋皇上。"虽是戏谑，但也只是说明了八百里秦川是皇天后土，历史文化悠久，却并不能说明陕西没有才子，没有将军。

要说陕西的人才，从古至今也是不胜枚举。很多杰出人物的名声至今都响彻寰宇。比如，为统一六国作出卓越贡献的富平人氏王翦，曾经率领六十万大军浩浩荡荡扫平天下，王氏父子为统一天下作出的卓越贡献，不言而喻。有时，站在数量庞大的兵马俑面前，你的眼前也许就会浮现出秦人先祖那一种不畏艰难、勇敢善战的英勇形象来。如果说武有王翦赫赫驰名的话，那么，文则有司马迁，名垂青史，光照日月。司马迁以他的如椽巨笔"不唯美不隐恶"，忍辱负重完成了我国历史上第一部通史，给后人留下了一笔宝贵的精神财富。《史记》的价值众所周知，鲁迅赞誉其为“史家之绝唱，无韵之离骚”。而郭沫若则赞誉司马迁“功业追尼父，千秋太史公”。这些现代文化巨擘的评价充分说明了司马迁在历史上作出的卓越贡献，无人可以代替。在这片土地上出现的当代文学界的大师们则有路遥、陈忠实、贾平凹等，他们取得的享誉世界的成绩进一步证明了陕西这块厚土的文化之厚重和文脉之源远流长。我们党和国家的领导人习近平的家乡也在富庶的八百里秦川，这是陕西人民的骄傲。被誉为“新加坡国父”的新加坡首任总理李光耀在其新书里称习近平是“曼德拉级别”的人物，足见习近平的人格魅力。

朋友，陕西这块厚土有着悠久的历史，而八百里秦川更是陕西的政治经济文化中心，到陕西来，不能不走八百里浩荡秦川，不能不登览西岳华山，不能不祭拜司马祠，不能不上明城墙，不能不看世界第八大奇迹，不能不打马关山牧场，不能不观赏汤汤渭河，因为这里的山，这里的水，这里的人民，都会以饱满的热情欢迎您。朋友，请到八百里秦川来，因为五千年的中华文明都在这里闪现。

请相信，八百里秦川是你，是我，是我们共同的美丽家园。

行走山川

朋友，大自然有着奇伟壮丽的风光，有着雄浑宽厚的胸怀，也有着藐视一切的伟力。

朋友，请随我走近壮丽的山川。请看！这里有着高耸的山崖，有着绵延的山岭，有着包举天下的雄浑气象。雄鹰在长空高高飞旋，似乎在藐视那一切井底之蛙式的自鸣得意。它们触云的翼翅让那些自以为高高在上、目中无人者大为赧颜。陡峭的山壁，刀削般的峻直，它那气吞山河的傲骨足以让那些志士惊怵。而那些横空出世的一株株挺拔的椿树或者枣树，能让你不由得惊叹一声：瞧，这就是大自然伟岸的胸怀、奇瑰的意象！不，还不仅仅是这些，当那悠悠白云从长空飘过，请看，还有谁能够媲美它们那飘逸悠闲的气质！即使那再浪漫的诗人们也要羡慕它们，嫉妒它们，心儿也要随那白云飘浮，飘浮。

朋友，行走在山川，看到那生长在深谷、茁壮挺拔的高树或者透露出一身将要成熟气息的稻谷的身影，你会作何感受？是赞美那宽广丰腴又能绵绵不断地为它们提供营养的黄土地，还是赞美那些双手长满茧子，脸上刻满了皱纹的、肌肤黝黑的老农的勤劳品质？也许，面对此时此刻的风景，这两种感情都会同时从心底涌出。因为他们都是这美丽山川的创造者和建设者！丰厚丰腴的黄土地绝不吝惜她那一腔浓厚的慈母之爱，随时汲取天光地气，把那风云雨雪的自然能量充沛地转化，然后又把那蕴藏无限能量的无私的母爱奉献给这一片土地上的绿色生命。而那些勤劳的人们则会充分利用大地母亲的赏赐，用他们那勤劳的双手把那丰厚丰腴的土地开垦，然后又把那一个个充满了生命气息的颗粒植入那博大的黄土地之中。于是，在我们的面前神奇般地矗立起了高大的树木，笔直的树木，品种多样的树木。它们简直是一群雕塑，一座丰碑，那是大自然的杰作啊，人类的杰作啊！而那些枝头挂满了饱满的果实的植株，则用它们丰满的形象诉说着收获的喜悦，这是多么令人振奋的山河之地啊！

如果说大地提供了饱满的果实和取之不尽，用之不竭的物产，我们除了赞美无私的大地和勤劳的人们以外，更不能忘记那一条从这深谷之中汤汤而过的大河。我们也许从它那平静的河面上看不到丝毫的激情，但是在它那宽阔的胸膛里却隐藏着一颗跳动的赤子之心。请看，当那河流涌动到了一个狭窄的地段，它那平静的性情就渐渐变得粗犷而又豪放。听！在那突然深陷到地表下面的深谷中，一声声虎啸龙吟般的巨大的哗哗声不绝于耳，简直是震耳欲聋，声彻九天。瞧，这就是它的伟力，一年四季，风霜雨雪，雷光电闪，它都是这样一往无前，执着地奔向它要奔赴的神圣地方。而它，在奔流途中，却总是要把自己那无穷的美丽奉献给大地，奉献给勤劳的人们。它汲取天地之精华，吸收日月之光辉，一年四季永不干涸，永不停息，像一条充满了生气的巨龙，永远保持着鲜活的生命力，然后把它那无限的热情挥洒在这一片壮丽的山川上。而后，它又与这神奇的山川草木融合为一幅天光云影共徘徊的卓越画幅。而这样雄伟瑰丽的画幅则又是多少诗人、画家终生孜孜追求而不得的杰作啊！

朋友，行走在山川，请抛弃那充满功利之心的欲望，这里是你放飞心情之地，这里是你尽情游目骋怀的绝美胜景。欢歌的鸟儿会为你唱上一首大自然最清纯的歌曲，奔腾的河流会吹开郁积在你心头的重重阴霾，而激越的瀑布声会让你重新燃起生命的激情，促使你不断创造出更卓越的作品。

当然，朋友，这里也有蟋蟀们那悠悠的啁啾，那是它们在悠闲地弹着人生的乐曲。而沉醉在这悠悠啁啾的乐曲声里，愿你我都能心旷神怡，把酒临风，其喜洋洋者矣！也许，有时还有那多情的秋蝉时断时续的绝唱，而在这绵绵渺渺的悠悠唱腔里，也许敏感的你我都会感受到时序的更替，不由不染上家国之思，梦归之意。而当那暮色苍茫之时，当那大雁凌空排成一字形队伍时，你的心灵还在徜徉吗？你的心灵还在留恋故地吗？倘若你身不由己，那就把这一片壮美的山川带进你的灵魂，带进你的梦乡，让它朝夕与你为伴。

黄土地

眼前是一望无垠的黄土地，是宽厚、博大、深沉的黄土地，也是丰腴肥沃的黄土地，我那祖祖辈辈在黄土上耕耘的乡亲们，朴实得就像忠诚的黄土地一样。

我那亲爱的乡亲们曾经用自己宽大的脚掌丈量着黄土地的长度，同时也用他们结满厚厚茧子的手掌撑扶着那深深地插入黄土地里的犁铧，他们用忠实的心灵默默地播种，也用他们诚挚的爱国之心缴纳过公粮。在我们祖国渐渐强大富裕的大厦上，他们也发挥了光和热，贡献了砖和瓦，他们是朴实的，他们是忠厚的，他们是爱国的。

岁月掩不住生命的衰落，我那在这块厚实的黄土地上勤劳耕耘了一生的父辈们，一个个渐渐衰老，有的已经长眠在黄土里，黄土养育了他们一生，他们抚爱了黄土一生，到了最后，又不可避免地一个个与黄土为伴。黄土啊，博大厚实的黄土，会记住他们的音容笑貌，会记住他们的悲欢哀乐，更会记住他们为这块土地作出的贡献。

一株饱满、透着香气的谷穗低下了沉甸甸的头，在谷穗充满香气的颗粒里，我似乎又看到了父辈们套着古老的辘轳、甩着响亮的鞭儿在使唤着牛儿，然后用他们那带着微笑的面容看着在空中渐渐飘散的谷芒儿，于是，一堆堆黄澄澄的谷子便展现在他们的面前，然后，他们又是多么骄傲地带着妻儿把一堆堆的谷子装进了长长的口袋里。每年到了交公粮的时候，他们会驾着牛车，拖着各家各户交纳的粮食扬着鞭儿送向村委会或者乡镇部。然后他们会得意地拿着一个个粮食级别鉴定单争相传告，好像那就是对他们劳动的充分肯定，这种喜悦的心情就像小学生做完作业获得了老师的“甲”一样。

我那朴实忠厚的乡亲们，在这块丰厚的土地上种麦子，种苞谷，种大豆，种红薯，种棉花，种各种各样的蔬菜，反正在他们的勤耕细耘下，一粒粒饱满的麦子似乎要胀裂开来，粮仓里囤满了圆滚滚的麦子。接着，我那朴实、勤劳、聪明的乡亲们，又能用他们的巧手把麦子加工成各种各样的小吃——捻麻食、扯扯面、包饺子、蒸馒头、做芋面，而每到春节或者元宵时节，又能蒸出漂亮的花馍和小孩喜欢吃的鱼鱼馍、鸡鸡馍，八月十五到了，乡亲们又会蒸出一些圆圆的像月亮一样的蒸饼，寄托着他们美好的情思。

红薯似乎是他们很钟情的粮食作物，他们每到春季就会培育大片的红薯苗，然后又会把它们分给乡邻四舍以及亲戚们，红薯是一种产量极高的农作物，在困难时期可以说救了很多人的性命。他们能不钟情吗？我清楚地记得每到霜降以后，红薯叶子就开始一片片萎缩，这时候，就是挖红薯的最佳时期，因为只有经霜以后的红薯才具有较高的含糖量，生吃都是甘甜甘甜的，而熟吃更是又甘甜又甘绵。如果是烤红薯，那更是别有一番味道，因为烤红薯飘散出的香气会把你馋得直流口水。而红薯除了蒸食和烤吃以外，聪明的乡亲们还会做成粉条，而做成的红薯粉条常常成了人们冬天里吃辣子豆腐时的好拌菜，除此，还有美味的红薯饸饹、红薯琼果糖，都是当地独有的美味佳肴。乡亲们眷恋着生自己、养自己的这一块土地，黄土地厚实的品格也使他们形成了厚实淳朴的品格，谁家有了好吃的，乡邻们都会互相馈赠，谁家里有了喜事，大家都会庆贺，谁家有了难处，乡亲们都会主动接济。

黄土地上的乡亲们，一生谨遵孝道，默默侍奉着年迈体衰的老父老母，直到把他们送归黄土。为了下一代的前途，黄土地上的乡亲们又会尽心尽力供养子女们上大学，直到他们成为祖国的有用人才。

我那默默的像黄土地一样沉默而又有着宽大胸怀的乡亲们，用他们勤奋的一生诠释着对这片土地的热爱，然后在他们的风烛残年又无可奈何地归入了默默的黄土。他们的一生，就是黄土地的一生，默默付出，不计回报。黄土地给予了他们宽厚的品格，黄土地给予了他们忠实的品性，黄土地给予了他们高尚的风骨。我爱这块黄土地，更爱这块土地上淳朴的乡亲们。

印象潼关

印象里的潼关是一个文化的意象，在她的身上有着太多太多浓厚的历史底蕴与文学色彩。这样的印象大概源于一个古老的历史事件和一篇流传久远的诗章。

我们要把时间的镜头推移到一千多年以前，那是一个残阳如血的傍晚。西风猎猎，战马嘶鸣，长空惊雁惨叫，乱鸦飞舞。潼关城外，狼烟四起，战火熊熊，在长枪与短戟的搏杀声中，到处是人喊马嘶、刀枪崩裂、飞矢如雨、血流如注、礌石滚木横飞、尸横遍野的惨象。纵横一生、英勇无比的大将哥舒翰终究没能率领二十万大军挡住叛军前进的道路，发了疯的叛军像潮水一般拥入金城潼关。眼看已无力回天，潼关古城沦丧在叛贼乱党的铁蹄下时，他无限悲痛地登上潼关城楼，饱含深情地看了最后一眼滔滔的黄河、峥嵘的华岳，然后面向西方，大喊了一声："皇上，臣无能，终究没能守住潼关，请保重！"说完，即拔剑毅然向脖子一抹，轰然倒下。

当庞国的大将像长城一样轰然崩塌，叛军更像发了疯似的肆无忌惮地向繁华的京都挺进。掠夺与杀戮挑起了久在荒凉边关的蛮横士兵们的兽性，他们沿途无恶不作，屠戮老弱，像疯狂的牛虻一样，他们紧紧地盯住京都的繁华与富有，想飞到京城饱餐一顿。而那些丧失了人性的军官，更是放任士兵胡作非为。他们把掠夺的财物和宫女作为赏赐，鼓动那些发了疯的士兵冲撞京城。于是，乱军潮水一般杀向京城的飞信传来。躺在温柔乡里的唐玄宗还来不及细细打理，就和缠绵温存、昼夜不舍不离的杨贵妃登上了西去的马车。然而当大军行走到马嵬坡时，愤怒的士兵哗变了，他们把对灾难的怒火一致撒向了如花似玉的杨贵妃。可怜至尊无比的天子到了此时竟然也不能保住自己心爱的女人。于是，便有了白居易《长恨歌》的千古幽怨。

这是潼关失陷后天子以京城为代价付出的最大的一笔账单。潼关的险要，再一次让我有了要去看看的强烈愿望。

汽车沿着坦途飞速前行，眼前是飞越而过的群山万岭。人说“山河表里潼关路”，真是所言不虚啊！得山川之形胜，蕴文化之底脉，潼关可谓“天下雄关”啊！滔滔的黄河水绕城而过，雄伟的秦岭山脉横陈东向，深壑险谷比比皆是，难怪这里自古就是兵家必争之地。是啊，“鸡鸣听三省”，雄踞秦、晋、豫三省要冲之地，不愧有“关门扼九州，飞鸟不能逾”的赞誉。

当然，如此险要的山河在现代人的眼里也只如平地，宽阔的黄河大桥凌空飞架，像一条长虹横亘眼前。勤劳智慧的人们加上现代高科技的手段也把那一座座山、一道道水变成了千里平途。

到了这里，不能不想起张养浩，不能不想起他的那篇扎根在人们头脑里的《山坡羊·潼关怀古》，正是这样的一首词把这座连通西北第一关的历史名城变成了千年的文化意象。那雄浑壮丽、沉郁顿挫的诗句“峰峦如聚，波涛如怒，山河表里潼关路。望西都，意踌躇。伤心秦汉经行处，宫阙万间都做了土。兴，百姓苦；亡，百姓苦”似乎依然活在人们的心中。每每吟诵这样的诗句，似乎总让人感到有一条鞭子在眼前飞舞，告诉那些为官理政者万事皆要以民生为本的道理。

唐明皇的荒淫无耻终究以令人千古幽怨的凄凄《长恨歌》结束，而有关一个朝代兴亡的雄关也被人们厚重地写入历史，最后终究以张养浩的著名诗章画上了一个完美的句号。经历过历史淘洗的潼关城，从此无论在何时何地都会被这一段凄惨的历史和这样深刻的诗句镌刻在人们的头脑中。于是，像这样的一座雄关一旦被人们提起，就会让人联想到关于家国存亡的浓厚情怀。这是一个令无数文人不能回避的话题，也是萦绕在文人士子心头不能抹去的瑰丽意象。

访杨震祠记

到得老潼关，前后欣赏游玩了两个多小时，这才起身去看杨震墓。由于路况不熟，再三询问了几位当地人，确定方向无误，便直朝西走。沿途我想，杨震墓是啥样？不会只是一座坟墓吧？！像这样的一位流芳千古的古代名臣，应该像司马迁一样有个像样的祠堂吧？！至少不会像洛滨镇附近的邓艾墓那样荒草萋萋吧？！去往的路途都很平坦，沿途可见黄河湿地，还有黄河、渭河、洛河三河的交汇处，看了看，河面甚是壮阔。但还是惦记着杨震墓，于是又向前走。

不多时，便见一开阔广场，广场前是高大的牌坊，看这气势，心中猜想肯定是杨震墓了。停好车后，从正面拍摄，牌坊横联为“四知坊”三个大字，上联为“千古潼关清风明月廉声远”，下联为“万寻华岳剑影莲峰正气高”。所有字大气遒劲有力，与石立牌坊相得益彰。横联“四知坊”取自先生“暮夜拒金”的“四知”故事，典型突出，也可理解为四知村的牌坊，因先生寝处即为“四知村”，可见人们对先生高风亮节的仰慕。上下联一实一虚，突出了先生廉洁的品质，也寓意先生正气可凌华岳，与青山同在。

我站在门口端详，但见祠堂气势雄伟，俨然城墙造型，其简朴之气韵，颇有秦汉建筑风貌；青砖素门，不用朱漆或者其他色料，正好暗合先生简朴清廉之风格，设计者可见很是动了心思。门楼有三个门，正中上方为“杨震公祠”，左右两边各为“秦风”“汉韵”。正门两边上下联分别为“一座雄关踞河岳汤池铁壁”“四知太守昭清廉竹节梅风”。从正门进去，前面就是“四知堂”，其风格一律如前，秦风汉韵，粗犷简朴，不过这巍峨的展厅上也是楼阁相连，重檐飞檐面貌，大气厚重，震撼人心。上台阶，但见四知堂两边各有一联，为“日畏四知勤政爱民安社稷”“夜扪三省奉公守法正乾坤”。

入得大厅，但见“清风正气”四字扑面而来，给人心灵的激荡，又两边联语为“扬正气倡廉风天知地晓”“震朝纲祛贿赂古鉴今察”。前面是杨震坐像，但见杨公正气凌霄汉，眉宇间目光如炬，似乎要把那污浊看透。展厅故事情景：一为“暮夜却金”，下题“天知、地知、你知、我知，何谓人不知！”一为“焚诗过湖”，说的是杨震和夫人乘船过洞庭湖，行至半途，风浪大作。舟人说是河神作怪，请求杨震拿出金钱投入河中，以求平安。杨震说：“我两袖清风，哪里有钱！”经舟人苦苦哀求，杨震无奈说：“我拿不出钱来，就写诗来代替吧。”遂写下四句诗：“杨震为官一身清，哪有金钱祭河神。平生不做亏心事，船到江心任你沉。”杨震命人将诗笺焚化，将纸灰撒入湖中。夫人为了表示虔诚，背着杨震拔下头钗，投入湖中。这样一来，顿时风平浪静，安全过湖。回到官署当晚，夫人购鱼给大家压惊，不料从鱼腹中发现了自己投往湖中的头钗，众人莫不称奇。可见杨震的清廉都感动了鬼神。

出了展厅，两边是清风廊，展出了自周公旦到清朝林则徐一百多名清廉官员的事迹。他们的共同点即“清官墙”上的概括：“一切思维和行动的出发点和归宿都是‘民’——老百姓。”可见，清官文化是中国历史上一道亮丽的风景线。在党的十八届三中全会强调反腐倡廉之际，这样的清官文化是应该大力推行的。“先天下之忧而忧，后天下之乐而乐”，正如毛泽东讲过的：古人都能做到，更何况我们共产党人呢？

清风廊后是杨震墓园，布局大气，浑厚简朴，气氛隆重，庄严肃穆。稳实敦厚的城阙，令人肃然起敬。这让我想起了乾陵的城阙，给人庄严隆重之感。威严的石狮，威武的石马，高贵稳重的石像，像忠实的卫士一样守卫着这里，俨然有一种不可侵犯之势。走过这些威武的石兽，就是一座高台，上面置放一鼎。鼎是我国青铜文化的代表，在古代被视为立国重器，是国家和权力的象征，“鼎”也被赋予“显赫”“尊贵”“盛大”之意。这样的布局衬托得墓园庄重尊贵，令人肃然起敬。是啊！作为朝廷官员，手执权柄，其一举一动也常常关系到国家安危，寓意何尝不是这样的呢？鼎后是杨震墓，墓前有祭坛，祭坛上刻写一个大大的“廉”字。祭坛之后是一块墓碑，走到墓碑前，感觉怎么像镜子。原来墓碑用两块玻璃包装，稍远可照人，近看是古人所题写的“杨震墓”字样，正好与正门后“千古人镜”相映。这让人想起唐太宗称誉魏徵的两句话：“以铜为镜，可以正衣冠；以人为镜，可以明得失。”这样的寓意可谓深远矣！

杨震墓两边各有一华表，还有钟鼓楼等建筑，更能增加威仪。旁边是家族几名成员之墓，被人们誉为“一门四太尉”。周围松柏常青，荷池清冽，整个墓冢背靠渭河，给人以深邃之感。如此前临华岳，背依大河，可谓气吞山河，让人感慨万千。

探寻崖畔寨记

一座凋敝了几十年的寨子，因为传颂着几位英杰的故事而令人敬仰。我带着这份心情，选择一个晴朗的天气，骑上轻快的摩托车，一路风驰电掣，来到了寨子所在的古镇。古镇位于我们这块土地的最北部，地势北高南低，因此沿路一直慢上，车速自然也减了几分，但在这缓慢的节奏里，倒可以放松心情，游览沿途风景。

秋天的田野，是一派收获的景象。高高的玉米秆依然挺立在土地上。不过，叶子已经枯干，一派满目萧萧的气氛。已经收割了的土地，呈现出宽广的胸怀。沿途高大的白杨、葱茂的古槐遮天蔽日，给人洒下一片清荫。树上飞来飞去的鸟儿时而振翅欢歌，时而飞落地面，给人一派山林秀美、群鸟欢鸣的气氛。也许远离厂矿吧，环境静美得没有一点污染，空气干净得都能拧出水来。

到了古镇，我沿着曲曲折折的小路，询问了好多乡人，终于见到了传说中有几分神秘的古寨。古寨距乡村几十米，向西走，然后折南，沿小路前进，只见东边沟壑险立，西边土塬阻挡，两边杂草横蔓，荆棘丛生，路确不好走。这样的徒步穿行，在人烟稀少的旷野，还确实让人感到有点稀奇。然而，为了实现我的探寻之旅，便是书里写的“龙潭虎穴”，我也决定闯一闯。经历一番周折，寨子到了，我心情大悦，有种“识得庐山真面目”的感觉，神秘的古寨就像一本古书，即将被我打开，而这独特的风景也将为我窥见，心里忽生探骊得珠的感觉。

谁知不巧，厚重而又饱经沧桑的寨门大关，我只好从门缝向里瞭望，但见田园宽广，恍惚有世外桃源之感。只是不见黄发垂髫，前来迎接。叹息之余，恨不得生一对翅膀飞越进去。此种失落之感，好似一番热情，却被主人拒之门外的感觉，让人扫兴。没办法进去，我只好在四周察看，只见寨墙高立，虽饱经风雨摧残，但依然威严耸立，高不可攀。此种北方黄土版筑的土墙，栉风沐雨，百年以来，竟依然结实，令人赞叹。寨墙之下，只见壕沟环绕，古树老木，荆棘蔓生，确有一番古韵与苍凉，让人生发无穷的感慨。

我站在寨前，面朝北方，只见北方地势开阔，一马平川，已经收完苞谷的苞谷秆在风中静静伫立，仿佛一个个历史的见证人，可惜它们默默不语，只是显示出一番古老与沧桑。与古寨默默相对的，是巍巍黄龙山脉，一道天然屏障，自东向西，延伸开去，再前面是哪里，让人遐想无限。既然进不去，我只好沿着寨墙边向西走，有十多米的样子，就到尽头，向前一望，又是深不可测的沟壑。近前，只见雾岚弥漫，看不见底，令人望而生畏。我折身向东，还好，寨东边沟旁有一条小路，通向山下，只是走了几步，再不敢走，老鸹沟中飞旋，发出“嘎嘎嘎”的恐怖叫声，足以让人毛骨悚然，望而却步。

此情此景，只能让人想起几十年前发生在这里的英雄陨难、壮士洒血的壮举。一群热血军人，不满反动政府“攘外必先安内”的卖国勾当，决定响应张杨举义，配合“西安事变”，联红抗日。谁知队伍拉到寨里，深夜里被叛徒出卖，大批反动军警突然包抄了寨子，堵住了寨门出口。

瞬间，枪炮齐鸣，子弹横飞，黑漆漆的夜空被打破了死寂，一场悲剧就在这里上演。由于猝不及防，义军没法突围，加上敌众我寡，火力悬殊，沟里沟外遍是敌人，几十号人的武装力量虽奋起反抗，英勇还击，可最终弹尽粮绝，血洒古寨。据说，当敌人攻破寨门要活捉英雄张氏三兄弟时，有人纵身跳崖。所有义军战斗到底，无一人投降，其气概可谓感天地而泣鬼神。此次事件被本土作家王志君先生的小说《高原绝唱》生动描述，书中英雄形象栩栩如生，小说行文笔法高妙，诗意弥漫。

古寨因其独特的地理位置，确有“一夫当关，万夫莫开”之险，自古以来，这里就是乱世百姓防避匪患之所，谁知最后竟成英雄蒙难之地，真是可悲可泣啊！带着沉重的心情我走出寨子，到塬上，遇到一位放羊老人。遂与老人闲谈，老人说：“这个寨子叫崖畔寨，以前是避匪之所，后来住了百十户人家，有房舍，现在人都搬迁到了平处，后来又成了大队林场。”关于那几位英杰的事情，老人说听上辈人说：“他们筹谋起义，响应张杨两将军的号召，与北边红军有联系，最后泄密，遭到国民党反动派的围剿，弹尽粮绝，跳崖壮烈牺牲。寨子里有一块碑石，上面记载了他们的光辉人生。”可惜，碑石我是看不到了，因为寨子空无一人，大门紧锁。这不免让人感到遗憾。

不过，寨子虽没能进去，但我一路风尘仆仆，也非没有一点收获。我终于来到了生我养我的这块土地的最北端。再向前，越过黄龙山脉，老人讲，就是一山连一山的陕北境地。在空旷的田野上，仰望着那些连绵起伏的山头横亘在苍茫的大地上，似一道天然的屏障，挡住了南北通道。可是啊！莽莽山河，你即使再如何阻隔，也阻挡不住英雄们火热的爱国情怀。

“那山，远不？”我问老人。“不远，我经常去。”老人和蔼地说。“既然不远，那么寨子离山这么近，为何不把部队拉到山上呢？守住这个寨子，也是一条死路。敌人只要把北门围住了，你就是插翅也难逃。”我看着周围的地形分析着。老人也频频点头：“就是。只要到了山上，回旋余地就大了。那山连山，梁连梁，纵使你十万大军也难以围住。更不要说你一个团的兵力了。不过，事情发生得猝不及防，关键是叛徒出卖，不然，哪能这么轻而易举呢？他们也不是吃素的。”

是啊！历史上很多悲剧都是叛徒搞的鬼，正像堡垒最容易从内部被攻破一样，这样的教训不得不吸取啊！即使在和平年代，人们也不应当掉以轻心。“斯人已去不复返，此地空留古寨城。多少英豪壮烈事，唯留今人吊古情。”面向猎猎西风，凄凄残阳，我不禁吟出一首七绝。放羊老人似懂非懂地点着头，又给我指指点点说着四周的去向。在瑟瑟的秋风下，我带着无限的怅惘之情走向了返程的道路。末了，耳边又响起了老人的话：“看景不如听景，古寨听起来挺美的，其实没有什么看头。”然而，我却感到自己不虚此行，因为看景，虽然没有描述得那么壮美，但是，这一程也确实满足了自己的一个心愿：凡事只要尽了自己的努力就好，何必要那样完美呢？

诗意曲江

步行在曲江，处处是绿树，处处是红花，一片又一片的绿茵散发出醉人的芳香。虽然此时的气温不低，但是满眼的绿色似乎已经降低了太阳的威力。刚刚喷过水的小草上面挂着晶莹的露珠，在阳光的照射下似明亮的珍珠，一闪一闪的。

漫步在曲江，轻轻地走着，什么都可以不想，什么都可以不做，就这么静静地聆听着这美妙的声音——那是多么令人迷醉的声音啊！仿佛从天际飘落而来，一丝浑厚而又忧伤的声音，轻轻地叩响了漫步者的心壁；又似远古纯净的天籁，洗净了心灵上的尘埃。走在这氤氲的诗意气氛里，一种久违了的感情就会从心底喷薄而发。啊，唐诗，我久违的朋友，是你曾经让我如痴如醉，流连忘返。

这儿一座石刻，笔墨飞舞，笔意驰骋，神采飞扬；那儿一座雕塑，诗意灵动，灵泉迸发，让人不禁猜测，甚至让人不由得想起耳熟能详的诗句来。树丛里坐了一两个花匠，许是天气太热的缘故，他们整个人都藏在了浓荫里，好像在小声地说话。说什么呢？不得而知。但看那神情惬意的样子，真有一番超脱红尘的感觉。不说我这样的文人，就是这些经常侍弄花木的花匠，仿佛也沉醉在这样优雅的诗意里面了。

曲江诗意重，这不是随随便便的布置，而是出于精巧的——构思。一座座石质的经卷刀笔精致地刻上了人们熟知的诗篇，这样的创意被设计者命名为“吟诗台”。好一座美妙的“吟诗台”，站在这里，一首首诗歌如同云气从天边缭绕而来，飞入你的视野，让你目不暇接、神思飘逸、诗情纵放。

这儿是大唐诗人们曾经驻足留恋的地方，也是他们诗情勃发的地方。大唐这块诗意浪漫的土地上，不仅涌现出了李白、杜甫、白居易、刘禹锡、李贺等杰出的诗人，也涌现出了众多普通的群众诗人。是啊，大唐的历史注定是文学史上最辉煌的一页，大唐的诗歌从古至今都会照亮并永远照亮人们的心灵天空，给人们以最丰盛的精神食粮和精神信仰。

而曲江的设计无疑尊重了历史，尊重了千百年来人们心灵的美好需要。漫步在诗意浓浓的园林里，你真可以忘乎所以；即使不远处就是高楼矗立，似乎威力不可阻挡，然而这一片田园气息浓郁的土地，还是给人们的心灵打开了另一扇窗户。在这里，你嗅到了不同于平常的气味；在这里，你体验到了另外一种全新的人生。

骊山怀古

未来骊山，却早就对骊山仰慕有三。记得陕西作家高建群在《对一座伟大山脉的崇拜》一文中写道："秦岭的一支余脉，我家乡的骊山，应当是一座宝山，因为矿物质流到这里，冷却、凝固，从而堆积于此。"当然这像地质学家的分析。然而从地理位置上来分析，骊山的确也是一座宝山。不然的话，秦始皇也不会把自己的坟陵选择建在这里。骄横一世的秦始皇不仅要在人间时享尽一切荣华富贵，而且即使到了阴间也不忘给自己择一风水宝地供自己长眠。论及靠山临水、得天独厚的地理优势，相比骊山，这一带似乎再也没有更好的了。当然，除了地理位置的选择讲究外，对秦始皇来说，把人世的荣华富贵带到地下那更是前无古人、后无来者了，似乎不这样做，就不像是这千古一帝的作风了。

导游让我们坐在缆车里俯瞰山下，还特别指明了在缆车上可以看到秦陵的气象。可也许我们眼拙，看来看去，就是没有看到秦陵，这对我们来说着实是一大遗憾。随同我们一起旅游的是一对大学生，他们告诉我今年秋季他们就要读研究生了，谈话中知道他们是来自上海的游客。

路途中，导游告诉我今天的游客都是外地的，还没有陕西的，看来我是例外了。年轻的大学生们毕竟是外客，对陕西的名胜风景自然充满了好奇，他们活泼开朗、机敏健谈。很快，我那活泼可爱的女儿就和他们混得很熟了。

缆车走得很快，一会儿工夫就把我们送到了半山腰。在山腰上有一个游客短暂停歇点，站在这里可以拍拍照，瞧瞧景，吹吹风。虽然此时艳阳高照，骄阳似火，然而这并不影响我们观景的心情。我们一会儿望望长安城，看那高楼林立、风景如画的景象，一会儿看看骊山脚下，看那游人如蚁、络绎不绝的场面。仰望头顶，就是那为博一笑失天下的故事发生地的烽火台。我实在想上去，因为受着杜甫“会当凌绝顶，一览众山小”的启发，另外此时对烽火台已经有了一段绮丽的畅想。

想那骄奢淫逸的周幽王，后宫三千佳丽似乎也不能满足自己的熊熊欲望，竟然派出大量驿花使者四处寻求美女。也许久在宫廷，对王公贵族们的那些富贵女子华丽绮靡的打扮早已经产生了审美疲劳。当来自汉水之傍，褒谷山间，带着乡野清新气息的奇女子褒姒站立在帝王面前时，那昏王周君则早已神魂飘荡了。可这样的女子也并不是那贪慕富贵之徒，在多少女子日夜都向往期盼的荣华富贵生活面前，她竟然丝毫都不动心，整天愁眉苦脸。为讨美人欢心，周幽王想尽了各种办法，当发现美人听到撕帛声就破涕一笑时，周幽王如获至宝，就干脆请来绣衣坊的女工们在褒姒面前撕帛，也许开始的新鲜感还能令美人开心，但是时间一久，那“嗤嗤”的声音就不再动听。想那昏庸的幽王在和他的美人听那“嗤嗤”的声音时，在纵情浪声里可曾想到民生的艰苦，难道昏庸的幽王从那撕心裂肺的“嗤嗤”声里没有觉察到那是江山撕裂的前兆？假如有，也许就不会有更荒唐的一幕——“烽火戏诸侯”。一切似乎都是冥冥中安排的一样，随着“烽火戏诸侯”一幕闹剧的上演，周幽王和褒姒也就走到了他们人生的坟墓面前。孟子在《离娄》篇里有一段话可作周幽王的人生注脚："君视臣如手足，臣视君如腹心；君视臣如犬马，臣视君如国人；君视臣如土芥，臣视君如寇仇。"

是啊，巍巍烽火台至今依然挺立在骊山之顶，几千年前的那一幕虽然已经随风飘逝，然而每当游人们看到那高高屹立的烽火台时，总能想到烽火台里包含着的深刻警诫和道理，正如杜牧在《阿房宫赋》里写到的："秦人不暇自哀，而后人哀之；后人哀之而不鉴之，亦使后人而复哀后人也。"然而历史竟也有着这样的相似，想那秦王在为自己掘地宫的时候，遥望骊山，遥望烽火台，遥想周幽王的下场时，竟然没有想到点什么，而是一味地为死后着想。随同的导游讲：秦陵于秦始皇继位起开工修建，前后历时三十八年之久。丞相李斯是陵墓的设计者。大将军章邯监工，共征集了七十二万人力，动用人数最多时有近八十万人，这几乎相当于修建胡夫金字塔人数的八倍。这样一位只迷信武力、迷信强权的帝王哪里会想到自己会有和周幽王一样的下场呢？他们除了贪婪、横征暴敛、不顾百姓死活以外，还不是梦想着子孙后代世世代代将王位继承下去。殊不知，人算不如天算，骊山见证了这两个强大王朝的覆灭。它们可悲地成了后人凭吊的范本，也成了后人茶余饭后的谈资。

这正是青山依旧在，几度夕阳红。在下山的时候，我们竟然看到了唐明皇和杨贵妃手植的连理树。这两棵大树遮天蔽日、枝叶茂密，异常奇伟。我为年轻大学生拍了照，祝愿他们的爱情似这长青的连理树一样，长青不老。女儿跟着他们欢快地跑着。我不知怎么突然想起了"骊宫高处入青云，仙乐风飘处处闻。缓歌慢舞凝丝竹，尽日君王看不足。渔阳鼙鼓动地来，惊破霓裳羽衣曲"的诗句，而山下的大型实景历史舞台剧《长恨歌》却又要上演一幕帝国兴亡史的故事了。

茂陵怀古

茂陵是西汉武帝刘彻的陵墓，位于西安市西北四十公里的兴平市城东北南位乡的茂陵村。汽车出西安城，绕着古老的西安城墙缓缓前行。借着这个机会，导游兴致勃勃地给我们介绍起了西安城墙的历史。我们也闲着无事，听着有味，感觉这西安真是有了这厚厚的城墙才有了悠悠的历史韵味。

西安的古老不仅是因为这里是十三朝古都，而且这里的地下也着实埋了七八十位皇上。故民间流传着这样一句话："南方的才子北方的将，陕西的黄土埋皇上。"之所以是埋皇上的地方，一是因为这里是千年故都；二是因为这里也着实是一块风水宝地。西安向来就有"八水绕长安"之称。渭、泾、沣、涝、潏、滈、浐、灞八条河流，在西安城四周穿流，西汉文学家司马相如在《上林赋》中所写"荡荡乎八川分流，相背而异态"，就生动地描绘了西安周围河流纵横、水网密布的良好生态。不仅如此，西安南依巍巍秦岭，北枕关山，地势险要，山河屏障，故历来是龙脉所在之地。且不说在骊山附近躺卧着的千古一帝的坟陵，而今就是这泱泱大汉武帝的坟陵据说也可以和它平分秋色。导游称：茂陵于公元前139年至公元前87年间建成，历时53年。茂陵封土为覆斗形，现存残高46.5米，墓冢底部基边长240米，陵园呈方形，边长约420米。至今东、西、北三面的土阙犹存，陵周陪葬墓尚有李夫人、卫青、霍去病、霍光、金日磾等人的墓葬。它是汉代帝王陵墓中规模最大、修造时间最长、陪葬品最丰富的一座，被称为“中国的金字塔”。

听着导游的介绍，要亲眼看看的念头更甚。汽车沿着宽阔的旅游线路飞快地前行，而我们的心，也随着汽车的疾驰而神往。放眼窗外，是一片又一片葱绿的麦田，时值隆冬，然而在这光秃秃的田野上，即使是冬眠的小麦也给人们带来了无限的惬意。同时眼前飞越而过的也有枝丫横斜的果树，端正秀丽而又精致的民居，一排又一排，极为整齐和雅致，颇显出皇城人的整肃和庄严。到了，顺着导游的手指，我们眼前飞越而来一座莽莽苍苍的青冢。好雄伟啊！世上竟有这么巨大的坟墓。郁郁葱葱的柏树遍布陵墓。矗立在陵墓前的一座高大的石碑上撰写着墓主的身份。大气磅礴的魏碑体“茂陵”十分醒目，旁边是遒劲有力的“汉武帝刘彻之墓”。看着这宏伟的皇家气派的陵墓，再看看旁边普通平民的一抔黄土。是啊！中国古代的帝王不光生前享受着巍峨的宫殿，即使是死后也要继续享受生前所拥有的风光。汉武帝刘彻是一位具有雄才伟略的伟大帝王，他开创了汉帝国的鼎盛时期：政治上加强了中央集权制；经济上兴修水利，发展农业，开展对外贸易；军事上富国强兵、抗击匈奴，打通了通往西域的道路，牢固地控制了河西走廊，向南直抵海南，基本上形成了中华民族生存空间的格局，从而使汉帝国以统一、繁荣、强大的姿态屹立在世界的东方。这些功劳都不可磨灭。但是，刃有两面，汉武帝的奢侈也是空前的。《晋书·索绋传》云：“汉天子即位一年而为陵，天下贡赋三分之一，一供山庙，一供宾客，一充山陵。”也就是说，汉武帝动用全国税赋总额的三分之一，作为建陵和征集随葬物品的费用。建陵时曾从各地征调建筑工匠、艺术大师三千余人，工程规模之浩大，令人瞠目结舌。

正因为如此，西汉的衰落也注定是必然的，一个穷奢极欲、劳民伤财、不顾百姓死活的刘家王朝注定是要被人民扫到历史的垃圾堆里的。金人赵秉文诗云：“渭水桥边不见人，摩挲高冢卧麒麟。千秋万古功名骨，化作咸阳原上尘。”在后汉衰落的日子里，如此豪华的帝王陵自然引起了农民起义军的怀恨，因此，在响马四起的纷乱时代，不说不肖的刘姓子孙守不住祖先的基业，就是祖庙也多次被人践踏，被人盗掘。历史的烽烟滚滚流传，一代代帝王又重新崛起，又再次覆灭。这正应了李商隐那一句“历览前贤国与家，成由勤俭败由奢”。然而，在人民当家做主的今天，我们相信我们的国家会越来越好，我们的明天会越来越美。

武屯怀古

迎着猎猎秋风，我再一次踏上了这块土地。

几年前的一次路过，来也匆匆，去也匆匆，我虽然对这块神奇的土地有着百般的好奇，然而由于时间有限，根本无法细细打量，只在大脑的屏幕上留下了这里的印痕，所以印象并不深刻。今日踏上旧地，但见新貌峥嵘，广场开阔，旌旗猎猎，人烟阜盛，一派繁华气象。而雄浑高大简约的秦式牌楼屹立在广场中央，令人生发无限敬慕之情。“武屯古镇”四个大字遒劲有力，行笔挥毫之间但见悠悠古韵。“承古开今，百业繁荣新栎邑；钟灵毓秀，双河滋润故秦都”“邑奉明公，斩蛇高祖争雄地；史彰盛举，徙木商鞅变法乡”的楹联，则揭示出了武屯镇的历史与现状。我仰望着这两行笔力遒劲的楹联，不由得生发出一股思古之幽情。是啊，这里曾经是一代霸主秦国的首善之区，两千多年以前，在这里演绎了一代君臣励志图新、变法图强的历史豪举。仰望历史的天空，令人无限感慨。

倘若没有这位立志图新，意图恢复祖先业绩、实现先祖昔日聚合诸侯之遗志及引领一代潮流的雄心壮志，也就不会有今天这位依然雄立在广场一侧、引人瞩目的商鞅雕塑。是啊！历史上的这一对君臣相遇却也是充满了崎岖和坎坷。当落魄的公子意图成就一番大事，不甘寄人篱下，仰望他人鼻息苟延残喘，而想像自己的先祖那样煌煌有所作为的时候，这一对君臣的相遇就有了惺惺相惜的可能。他们都想到了一块，那就是不甘心做草丛中的麻雀，而要做声鸣九州的凤凰，谁也不想做案板上的鱼肉，都想做腾跃飞天的鱼龙。一纸求贤令发出，四方纷纷响应。在群雄逐鹿的混乱时代，没有人固守一隅，把自己吊死在一棵树上。在“树挪死，人挪活”思想的支配下，一位来自中原魏都、中原第一强国的翩翩公子飘然而至。他身上流着高贵的血液，他是卫国国君的后裔，故眉宇间气宇轩昂，睿智风流。这位失意的贵族后代，并没有因为地位没落而沉沦潦倒，他有着强大的心灵。他自幼饱读诗书，好习刑名法术之学，曾以前贤李悝、吴起为榜样，发誓要出人头地，为先祖争光，为邦国雪耻。

就这样，在不得意的情况下，他变卖家财，聚集银两，一路风尘仆仆赶赴秦都栎阳，也就是今天的武屯。而在他来之前，自己以前侍奉的魏国国相公叔痤，在病重时向魏惠王推荐他，说：“商鞅年轻有才，可以担任国相治理国家。”又对魏惠王说：“主公如果不用商鞅，一定要杀掉他，不要让他投奔别国。”昏庸的魏惠王认为公叔痤已经病入膏肓，语无伦次，于是皆不采纳。公叔痤转而让他赶紧离开魏国，但他认为公叔痤不过是杞人忧天，一个都不信任你的国君岂能把你的忠言当作良药。对人心的洞察如此准确令他行世悠游备至，他在毫无焦虑、毫无防范的悠然心情下像一只快乐的凤凰飞到了秦都栎阳。他期望在栎阳能遇到一位赏识自己的明君，以开始自己那前所未有的壮举，像鹏鸟一样自由地振翅高飞。

然而，万事并不如自己想象的那么简单，他自以为饱读诗书，以李悝的《法经》为本，就可以朝为布衣，暮为公卿。他以重礼拜见秦孝公的宠臣景监，让他引荐自己给孝公。在摸不清秦孝公意图的情形下，他用帝道游说孝公。孝公听后直打瞌睡并通过景监指责他是个狂妄之徒，不可任用。然而，初次的失败并没有使他灰心丧气，他坚信秦孝公是有为之人，不会就这样埋没自己。五日后，他再次会见秦孝公，用王道之术游说他。孝公不能接受并再次通过景监责备他。又几天后，他第三次会见秦孝公。秦孝公不悦。然寒天雪地他不退，终于打动了秦孝公。这时他用霸道之术游说孝公，虽获得孝公肯定，但他已领会孝公心中意图。最后，他在一番充分准备后，再次见孝公，畅谈富国强兵之策。孝公听得十分入迷，膝盖不知不觉向他挪动。二人畅谈数日毫无倦意。景监不得其解，向他询问缘由。他说秦孝公意在争霸天下，所以对耗时太长才能取得成效的帝道、王道学说不感兴趣。秦国灰暗的历史大门终于打开了一条缝隙，一缕阳光透射了衰落的王朝，就像一个奄奄一息的病人即将得到起死回生的良药，大秦的崛起从此也就拉开了帷幕。

公元前 359 年，通过一番针锋相对的辩论，他终于以自己的才华和勇毅赢得了秦孝公的全力支持。这一年，他在国内颁布了《垦草令》，拉开了全面变法的序幕。三年之后，《垦草令》取得良好效果，有着雄图大略的秦孝公毅然任命他为左庶长，让他在秦国国内实行第一次变法：明令军法，奖励军功，废除世卿世禄制度，建立二十等爵制，严惩私斗，奖励耕织，重农抑商，等等。这一系列的制度改革为秦帝国的崛起打下了坚实的基础。故西汉贾谊在《过秦论》一文中热情盛赞过秦国君臣的功绩："秦孝公据崤函之固，拥雍州之地，君臣固守以窥周室，有席卷天下，包举宇内，囊括四海之意，并吞八荒之心。当是时也，商君佐之，内立法度，务耕织，修守战之具；外连衡而斗诸侯。于是秦人拱手而取西河之外。"

我的目光再次落到了眼前这位神采奕奕、精神气度非凡的先贤身上，但见他头戴纶巾，手持经卷，面容严肃，神情刚毅，显示出了一位政治家、改革家所特有的魄力和气度。历经二十多载，从当年的风华正茂到两鬓斑斑，他把自己一生的才智都奉献在了这一片热土上。虽然受后主诛戮，但他的改革精神、图强精神却被一代代秦王所延续、所继承，乃至秦国最后能一举扫灭天下，统一六国。

商君的精神不死。眼前矗立的雕像充分说明了后人对他的公正评价和高度认可。独立寒秋，我默默地沿着历史的时光再次走进了喧哗纷乱的时代，走进了昔日熙熙攘攘、人烟阜盛的大秦之都，再次感受到了先祖那一种筚路蓝缕、开拓进取的创业精神。这一种精神在任何时代都无比宝贵！

武屯，难忘的金秋之旅。

第六辑　登高望远

贺兰山赋

初次见到贺兰山，我就被它威严的气势震到了。

贺兰山的美不是秀，不是奇，也不是险，而是像男子严峻威严的脸。看到贺兰山，我不由得想起一个人：元昊。西夏王陵我们是一路走过的，我拜谒了元昊墓，见到了元昊的画像，翻看了元昊的历史：《尘封西夏》。我不禁为元昊的英雄气概所折服。一个寄身篱下的民族，在夹缝中生存，最终在他的率领下能雄起贺兰山，威震西北，赫赫一世，最终能和当时的大宋、大辽鼎足而立，共分天下，使一个流徙逃亡的民族，一个当时被人瞧不起的民族——党项族屹立于华夏民族之列。

虽然元昊之后西夏国还是被蒙古铁骑毁灭，但党项族的浴血奋战、兵民团结的精神还是令人崇敬万分。在危亡时刻，唯有这样苦战的民族令成吉思汗痛恨万分。为攻打西夏国，元蒙大军损失惨重，成吉思汗也中流矢而亡。以至于他临终遗言是灭了这个民族。党项族没有投降，他们坚忍的品性就如贺兰山那样威严。这样一个民族选择了战斗到底，最终被暴虐的元蒙子孙屠戮。仇恨之情满溢的蒙军连元昊等西夏王的坟墓也挖了开来，并曝尸荒野。与此同时，西夏王城血流成河：老人妇孺都惨死在蒙军的屠刀之下。从此，西夏国消失了，党项族这个曾经强大的民族消失了。这个民族只给我们留下了美好的记忆，他们如山的血性如晚霞那样灿烂。今天重翻这段悲壮的历史，再看党项族作出的历史贡献和那种不屈的民族精神，令人心潮起伏，感慨万分。

贺兰山是一座英雄的山。那棱角分明的山峰就像那血性十足的党项民族人民的脸——威严、肃立，他们眉峰蹙立，铁青着脸，好像永远在沉思、在思考一个民族的未来，又似乎担忧着前所未有的危机。西北高原艰苦的环境孕育了这样一个吃苦耐劳、英勇善战的民族。就是这样一个人数相对较少的民族，却能在宋、辽、吐蕃的夹缝中崛起，实属不易。刚强不屈的民族精神就像贺兰山那样棱角分明，巍峨耸立。这是一个虽败却令人景仰的民族，一个曾有一段辉煌历史的民族。在贺兰山下、蒙古草原上、中原大地上，发生过的古代民族间的战争，已经使各个民族融为一体，汉、蒙、满、党项等众多个民族最终凝聚成了伟大的中华民族，在抗击外来侵略、打击分裂势力中凝聚成了顽强的中华民族精神。

六盘山记

六盘山，我魂萦梦绕的六盘山终于出现在眼前了。旅途的劳顿、身心的疲倦，终于灰飞烟灭了。

莽莽苍苍，一望无际，峰回路转，悬崖峭壁，好似一条长龙蜿蜒百里，这就是通往宁夏的六盘山。时值金秋季节，天高云淡，满目郁郁葱葱，望断南飞雁。站在六盘山主峰上，一眼望去，高山如画，碧水东流，抬头看山顶云横雾绕，茫茫一片。远处连绵起伏的山脉，像游动的乌鱼的鳞背，隐隐约约，若隐若现。而西下的落日正把万道霞光涂抹在山间，云雾、青松、巨柏、羊群、游客，浑然一体，这是自然的画作，这是六盘山的大写意！

我的目光停留在一座巨大的雕塑上。这是一座怎样的雕塑？此刻，这座雕塑正笼罩在一片金色的霞光中，不由你不惊叹，不由你不驻足。站在这里，你仿佛看到了“落日照大旗”的画面，看到了“马鸣风萧萧”的壮观场面。一匹奔腾愤怒、凌空跃起的战马身上屹立着一位荷枪举刀的红军战士。在落日的映照下，战士的面容更加雄姿英发，凝锁的浓眉，怒目而视。这是冲锋的姿态，这是杀敌的力量。六盘山战役是红军长征路上的又一次严酷的战役，六盘山也是红军胜利到达陕北前的最后一道关口。在这决生死、图存亡的又一关键时刻，红军战士再一次发扬了以一当十、锐不可当的精神，把敌人消灭在六盘山下，再一次成功地保卫了党，保卫了毛主席，为长征胜利树立了不可磨灭的丰碑。

站在六盘山上，你会不由自主地想起毛主席的《清平乐·六盘山》：天高云淡，望断南飞雁。不到长城非好汉，屈指行程二万。六盘山上高峰，红旗漫卷西风。今日长缨在手，何时缚住苍龙？壮志满怀的毛泽东对战胜腐败不堪的国民党反动派充满信心，遥望中国已是赤旗的天下。

六盘山，是红色的雄关，也是历史的雄关。这里虎踞龙盘，地势险要，物产丰富。昔日西夏王元昊在此大败宋军，以少胜多，以弱胜强，创立了又一著名战例，奠定了西夏王国的兴起。而一代文杰范仲淹却因对西夏作战不利而被贬官调职，面对塞外的清寒，忧虑的诗人徒然留下了“千嶂里，长烟落日孤城闭”的词句。欧阳修、韩琦等朝臣宿将对此痛心疾首，纷纷上书自责。“誓扫匈奴不顾身，五千貂锦丧胡尘。可怜无定河边骨，犹是深闺梦里人”的悲剧重新上演，从此以后宋廷也就无力北上，国事日渐衰颓了。

六盘山，见证了大漠雄鹰的崛起，也见证了它的覆亡。一度顽强的西夏王国虽然抵挡住了蒙古军队的五次进攻，取得了胜利——以致成吉思汗这位不可一世的帝王慨叹说：“我能征服世界，却征服不了西夏；我能让几十个民族的王国臣服，却无法让党项人拜倒在蒙古人的战袍下。我遇上了世界上最顽强的敌人，他们——羌族，是世界上最勇敢的部族。”六盘山——这个有着“黄土高原上的绿色明珠”之称的六盘山，不仅是良好的军马场，更能保障西夏进可攻取长安乃至中原地区，退可守卫自己的疆域及六盘山地区，因而成为宋、夏对峙的前沿。成吉思汗深知，经过五次攻打西夏，没能从根本上摧毁西夏政权，原因在于南部地区的草场为西夏帝国的军队提供了足够的马匹，只有占有六盘山地区，才能切断西夏军队的“输血通道”——蒙夏的战局就此发生了剧烈的变化，成吉思汗以此对大本营发动了猛烈的进攻，加上西夏境内发生强烈地震，房屋倒塌，瘟疫流行，西夏国至此覆灭。

而号称“人类之鞭”的成吉思汗也死于西夏军队的连发弩射出的毒箭之下，带有剧毒的箭头射向他的膝部，使早在几个月前在内蒙古阿尔寨就因落马而致膝部受伤的成吉思汗仅仅挺过了八天时间就驾崩了，并留下了成吉思汗葬地之谜，带来了蒙古军队在此后百年间对西夏后裔灭绝性的追杀，导致了西夏彻底在中国正史上哑声七百多年。

六盘山，走过历史的烟雾，依然巍巍耸立，苍翠挺拔，在晚霞的映照下依然灿烂迷人。面对它，就如面对赤壁，我们不能不走近它，了解它，从它的历史文化里吸取有益的借鉴和思考。而它本身就如一本沧桑的历史大书。在这里，记载了红色革命壮丽的一页；在这里，记载了一个流徙民族的崛起和覆灭；在这里，演绎了一出出新三国英雄的壮烈和悲歌。这是一个关于生存与发展、奋斗与崛起、危机与挑战的大命题，也是实力与智慧、强悍与韧性、革新与清浊的大较量。六盘山给予我们太多的思考、太多的启发。面对六盘山，怎能不感慨万千呢？

诗意风雨亭

对于亭子，无论是路边、山上、河边、公园里的，还是伫立在文学作品里的，我都充满了敬意。这种敬意，深刻地剖析，是源于对文学的喜爱。在中国的文学作品里，亭子是一种特别的文化意象。我想大凡对文学敏感的人，对于亭子不会不产生一种特别的情愫，不会不产生一种诗意的联想。

单说“亭”这个字，它的外形就具有一定的形象性。提到它，也许你脑海里会立即浮现出一座飞檐翘角、八面临风、玲珑精致的古典精品建筑。它也许依山傍水，也许四面临湖，也许高踞楼台，总之，亭子的存在总是会激起你很多丰富的联想。

兰亭，那座还飘散着诗意芬芳的兰亭还记得吗？在一千多年以前，暮春之初，一个天朗气清、惠风和畅的日子，在会稽山阴之旁，一群风流倜傥、潇洒不羁的社会名流聚集于兰亭，饮酒赋诗、酬唱赠答，而此时环绕在他们身后的却是满目青山、悠悠竹林，喧响在耳边的是清清的激流，映带左右。远离了丝竹管弦，一觞一咏，仰观宇宙之大，俯察品类之盛，游目骋怀，足以极视听之娱。面对如此良辰美景，可谓人生之至乐。而在那次集会上，不知是即兴而作还是盛会之后洋洋洒洒写下的那篇至今还让后生们日记月诵的千古名文《兰亭集序》，永远地记载了那场千年绝唱，那篇浸染着书圣手汗的名帖从此传唱千年。

兰亭，自此镌刻在了历史文化的碑石上，饮誉千年，成为千年以来士子心中的文化殿堂。

湖心亭，还记得吗？至今伫立在美丽的西湖岛上的湖心亭，千年以来，不知让多少文人墨客魂牵梦萦。西湖，本来就是文人的一个梦，那里不光留下了著名文学家白居易和苏轼的佳话和墨宝，而且也留下了湖心亭的佳话和文章。那位自号陶庵、天孙，别号蝶庵居士，晚号六休居士的晚明才子张岱，以精练的笔墨记载了自己的一次西湖之游：

“崇祯五年十二月，余住西湖。大雪三日，湖中人鸟声俱绝。是日更定矣，余拿一小舟，拥毳衣炉火，独往湖心亭看雪。雾凇沆砀，天与云与山与水，上下一白。湖上影子，惟长堤一痕，湖心亭一点，与余舟一芥，舟中人两三粒而已。”如此优美的意境，简洁的语言，可谓绝唱。

那至今因《醉翁亭记》而著名的醉翁亭依然美丽，那“更待菊黄家酿熟，与君一醉一陶然”的陶然亭依然可爱，那得之于“停车坐爱枫林晚，霜叶红于二月花”之诗意的爱晚亭依然璀璨，那在寒梅怒放、清香四溢的“香雪海”中隐一亭的放鹤亭依然迷人。兰亭、湖心亭、醉翁亭、陶然亭、爱晚亭、放鹤亭……一座座充满着文化符号的亭子，多少年来，挺立在风风雨雨中，挺立在沧桑岁月里，不但没有随着时光的流逝而褪去昔日的光彩，反而随着时光的流逝而愈加可贵。而这一座座在风雨中千百年来备受文人们钟情的亭子也许可以用云南昆明大观楼的一副对联来解释：

五百里滇池，奔来眼底。披襟岸帻，喜茫茫空阔无边。看东骧神骏，西翥灵仪，北走蜿蜒，南翔缟素，高人韵士，何妨选胜登临，趁蟹屿螺洲，梳裹就风鬟雾鬓，更萍天苇地，点缀些翠羽丹霞。莫辜负，四周香稻，万顷晴沙，九夏芙蓉，三春杨柳。

数千年往事，注到心头。把酒凌虚，叹滚滚英雄谁在。想汉习楼船，唐标铁柱，宋挥玉斧，元跨革囊，伟烈丰功，费尽移山心力，尽珠帘画栋，卷不及暮雨朝云，便断碣残碑，都付与苍烟落照。只赢得，几杵疏钟，半江渔火，两行秋雁，一枕清霜。

一幅仰观俯察的大手笔，纵目驰骋开阔的大画面，真让人“思接千载，神驰万里”。中国文人登高作赋的习俗，原是一脉相承。亭子，多建于高处，视野开阔，八面临风，元人有两句诗：“江山无限景，都取一亭中。”亭子的建立，本身就有浓浓诗意，从王羲之于兰亭“仰观宇宙之大，俯察品类之盛”“向之所欣，俯仰之间，已为陈迹，犹不能不以之兴怀，况修短随化，终期于尽”，到王勃于滕王阁吟唱“落霞与孤鹜齐飞，秋水共长天一色”“天高地迥，觉宇宙之无穷；兴尽悲来，识盈虚之有数”，再到陈子昂的《登幽州台歌》“前不见古人，后不见来者。念天地之悠悠，独怆然而涕下”的千古绝唱，一篇篇佳作都显示了中国文人“胸罗宇宙，思接千古”的一个情结，一种思维方式。

亭子，那或高踞于楼台，或耸立于山头，或被绿水环抱的美丽亭台，以它独有的绰约风姿记载了华夏文化的瑰丽诗篇，以它独特的魅力征服了无数为它而钟情的文人墨客。亭子，那一座座风雨中挺立的亭子，必将永远挺立在中华文化的光辉篇章里。

洛阳看牡丹

牡丹乃百花之王，是富贵、高雅的象征。久闻洛阳牡丹甲天下，四月之初，我们便随团前往洛阳。

洛阳春来早，我们这些西北人一下车，就明显感到气温的撩人。从黄土高原下来，一路春风骀荡，身着夹衣，感觉尚可，可是一到洛阳，就感觉穿得多了。导游说我们来得正好，这样的天气正适合观赏牡丹。导游引导我们来去匆匆，先后去了两个地方：一个是洛阳神州牡丹园，一个是洛阳王城牡丹园。

这两个牡丹园共同的特点是集人文与自然景观于一体。游人之多，可谓摩肩接踵。这里是洛阳最为繁华的地段，从另一个角度说就是洛阳的中心。一入城，满眼都是牡丹的图片，简直美不胜收，令人目不暇接。也许我们来得尚早，大批的牡丹还没有开放，但少量的牡丹已经飘散清香，展示芳颜。虽然少，但也让我们感到不虚此行。我们不光亲眼看到了花形硕大、花香扑鼻的牡丹，而且也感受到了浓浓的牡丹文化。

牡丹作为观赏植物栽培，始于南北朝，据说产地在汉中，至今有一千五百多年的历史。而洛阳牡丹的人工栽培则始于隋，盛于唐，甲天下于北宋。查看洛阳牡丹历史，可知让其闻名天下的有这么几个重要人物：一个是隋炀帝，一个是宋单父，一个是唐玄宗，再一个就是欧阳修。

隋炀帝的贡献在于开始广泛栽培，使牡丹得到推广；宋单父的贡献在于使牡丹变异千种，姹紫嫣红，冠盖绝世，被人尊为“牡丹之父”；唐玄宗的贡献在于以皇帝之威，让宋单父到骊山栽种，让大诗人李白作诗歌咏牡丹，赞颂贵妃之美；欧阳修则著写了《洛阳牡丹记》，为牡丹研究推广及发展作出了杰出的贡献，使牡丹为世人广泛知晓。

洛阳牡丹花色多样，品种繁多，拥有黑、红、黄、绿、白、紫等九大色系，品种达到一千一百多个，数量有四千多万株。我们目见，但观红色灿若朝霞，白色晶莹透彻，粉色娇嫩淡雅。未至花前，先闻花香，浓烈四射，香气扑鼻。难怪人们称它为“艳冠群芳”“国色天香”。

洛阳土地宽厚，王气很重，自古就有“九州腹地，十省通衢，河山拱载，形势甲天下”之誉。这里东傍嵩山，西依秦岭，南含伊阙，北靠邙山，因黄河、洛河、伊河等众多河流的共同冲积，形成了肥沃、黏性较大的洛阳盆地。这对喜爱稍旱而怕涝的牡丹生长十分有利。得天独厚的地理环境，为牡丹的繁衍生息提供了良好的自然条件，故人们歌咏“洛阳地脉花最宜，牡丹尤为天下奇”。

在观赏牡丹之余，欣赏另外一种“牡丹”也是一种精神享受。你看，园内诗文辞赋，比比皆是；书画墨宝，琳琅满目，令人目不暇接。“姚黄为花中之王，金阁显王者之尊，金丝冠王者之顶，黄袍加王者之身。魏紫称后兮紫云仙，紫袍金带兮紫云冠，紫艳风光兮紫绣球，紫香秀色兮紫玉兰，翩翩兮子燕飞霜，熠熠哉紫霞映天。”这是文人赋辞对牡丹的精当描述，从另一个层面开阔了人们的审美视野，为牡丹增添了浓厚的文化内涵。另外，大量的歌舞、音乐、雕刻、戏剧等也为牡丹声名的传播作出了杰出的贡献。

大自然的爱怜、皇帝的垂青、学者的研究、文人墨客的吟诗作赋都使牡丹的地位扶摇直上，使它登上“花王”的至尊地位。“竞夸天下无双艳”“万家流水一城花”是人们对它的赞誉。牡丹习性其实并非那么娇贵，在我国各个地区均可栽培，无论长城内外还是大江南北，甚至是东洋西洋，到处都有牡丹的影子，可是，唯独洛阳的牡丹赢得了“甲天下”的美誉。当然，洛阳牡丹之所以能赢得这样的殊荣，是与文化分不开的。传说武则天因为牡丹开得太艳，嫉妒心生，一气之下，便把牡丹从长安贬到了洛阳。谁知，牡丹到了洛阳，反而开得更美，开得更艳。牡丹不以贬谪而自卑，不以环境而易性的坚忍精神赢得了人们的青睐。牡丹身上便被寄寓了另外一种精神，被赋予了另外一种色彩。

这样看来，花本是花，并没有贫贱富贵之分。只不过因为人们的宠爱、帝王的青睐、文人的吟咏、妙手的丹青，便衍化出一种牡丹文化，扎根在民族精神记忆的深处。自古景以人传，地以人名，如滕王阁以《滕王阁序》、岳阳楼以《岳阳楼记》、荷花以《爱莲说》驰名一样，洛阳牡丹因此便也“甲天下”了。北宋文学家李格非在《书〈洛阳名园记〉后》叹曰：“且天下之治乱，候于洛阳之盛衰而知；洛阳之盛衰，候于园圃之废兴而得。”此言甚诚。在国泰民安的今天，在迈进21世纪继往开来的今天，雍容富贵、情系万众的洛阳牡丹必定会益增美艳，倍崇尊荣。“春来谁作韶华主，总领群芳是牡丹”，但愿洛阳的牡丹越开越艳，愿我们伟大的祖国越来越好！

城市的灵魂

我们每个人都爱去陌生的城市。毕竟，这犹如自己没有吃过的大餐一样，一种新鲜感和好奇感在强烈地吸引着我们。然而，每到一座城市，我们常常听到这样的言论：没意思，到处都一样；除了楼高、车多、人多外，再也没有什么新鲜感。诚然，每一座城市都在日新月异地发展，这是万物发展的自然规律。在追寻现代化的进程中，的确，每一座城市的共性都是楼高、车多、人多，这是不容置疑的。但是，诸位（提醒说没意思的朋友们），你在说这种言论的时候，是不是要多想一想，多看一看，其实每一座城市除了共性以外，还有它的个性。须知道这些个性的地方正是一个城市的灵魂所在。

每到一座城市，我总和其他人不一样。我常常喜欢看这个城市的文化标志，我执着地认为这正是城市的灵魂所在。大凡人们都容易被一个城市的外在面貌所迷惑，而不能保持一份清醒的头脑。这就如人们看人时往往容易被对方的外表所迷惑一样，而常常忘记了这个人的内在。是的，高大漂亮的外表是夺目吸睛的不可缺少的条件，但是如果一座城市缺乏了内质与灵魂，就往往显得肤浅与庸俗，就如同一个外表美丽却实在缺乏文化素养的人一样，缺乏了让人品味的余地。现在的城市建设者们都很注重挖掘本土人文内涵，因此这就为每一座城市赋予了灵魂。这就如同一个人既拥有了美丽的外表，同时又拥有了内在的精神风采一样，显得兰心蕙质、明眸珠辉，格外惹人喜爱。

当然，有些城市的文化标志很明显，但有些城市的文化标志并不明显。明显和不明显其实并不是主要问题，主要的问题是观赏者有没有用心灵的眼睛去发现。事实上，只要用心灵的眼睛去看，是不难找到这座城市的个性的，也就是它的灵魂。然而，对于那些大言不惭、动不动就大发牢骚，而忽视了城市个性的人而言，事实上他只是缺乏一双善于发现美的眼睛，而不是城市越来越共性化了。是的，到每一座城市，我们都避免不了要吃饭、购物、住宿，但是我们旅游毕竟不只是来吃饭、购物、住宿的，要是仅仅从事这些活动，那么我们何必要跋山涉水，忍受旅途的疲劳呢？我们何不舒舒服服地待在家里享受生活的自然与便捷呢？

因此，既然我们出来了，就要带着一双发现的眼睛，感受每一座城市的文化品位，感受每一座城市给予我们的启发与思考。也许只有这样做了，我们才会找到旅游的意义和价值，我们才会由衷感到自己不虚此行，我们才能深深地体会到每一次旅游其实都如阅读一本大书一样，格外新鲜和受用，既增长知识又增长阅历，何乐而不为呢？

故宫之思

北京一行，故宫是不能不看的，因为故宫是中国古建筑之最——最辉煌壮丽的皇家宫殿建筑群。细细追溯，故宫有五百多年的历史，可称得上历史悠久、规模宏大、保存完好的皇家宫苑。

未进故宫，始终有一种好奇心理，期盼着能亲眼看看在明、清两朝上演五百多年风云历史的皇家禁地究竟有着怎样的气派。随着熙熙攘攘的人流，终于跨入了宫苑的门槛。重重城楼显示出这里是森严之地，也给人另外的联想：侯门深似海。侯门深似海，更何况这不是侯门，而是古代封建帝王上朝接见大臣共商国是的地方，当然，这里也是帝王与妃嫔们生活的场所。昔日高傲的帝王哪能想到他们密不透风的禁地成了今日大众的参观之所。这恐怕是那些高高在上、集大权于一身、认为帝业可以代代继承下去的帝王所想不到的事情。历史的潮流浩浩荡荡，谁也难以预料一百年后会发生哪些变化。正如一百年后的我们竟然也能在昔日的宫廷禁地来来往往，谈笑风生。倘若放在一百多年前，不要说平民没有机会进入宫廷，就是普通官员，除了因功名受到皇上奖励，或者是朝廷选秀外，倘若靠近宫墙半步，都会被处以杖毙或者砍头之刑。哪能有我们这么多平民这样来来往往，谈笑风生，讲古论今呢？

故宫建筑面积之大，宫苑之多，建筑之富丽堂皇是令我们这些平头百姓瞠目结舌的。走在古老的石阶上，踏着厚重且斑斑驳驳的地砖，我们先后进了端门、午门。看着高大的城墙式的保卫建筑，我似乎看到一个个身着盔甲手持利器的将士在虎视眈眈，两旁亦是旗帜鲜明、手持刀枪的将士逼视着众人。当然我们不是上朝的臣子，即若是臣子，在这一种肃杀的气氛下也会个个噤若寒蝉，哪敢有放肆之心。故宫的建筑之威严可见一斑。

从北向南望去，宫苑深深深似海。一进又一进的院子，院子里又有古木参天，遮天蔽日。而每进入一进院子，都有一主体建筑，上面题有宫名，旁边也有侧房，其房屋建筑都具备中国古代建筑之特点，翘角飞檐，雕梁画栋，巍峨壮观，令人赞叹！这里不愧是保存最好的中国古代宫苑建筑的杰出代表，从中可以看出中国古代建筑艺术水平的杰出和高超，这些都是我们民族的艺术瑰宝，值得人们珍惜与保护。皇帝朝见大臣的金銮宝殿成为众人朝觐的对象。人们纷纷围观，都想挤到前面瞻仰。于是，只见万头攒动，相机频闪。

在人们的朝觐和膜拜中，谁又曾想，帝王们那象征皇权、不容亵渎的宝座，曾经被那些拿着洋枪、洋炮的鬼子践踏；古老宫廷里的一切宝贝被这些强盗抢劫一空。而只顾逃命的慈禧太后哪里顾得上那么多，在惶惶之日还下命令把那个支持“新政”的珍妃推下古井，古老的宫廷再次蒙上了一层暗影，显然，生活在这里的嫔妃们并不如我们想象的那般自由自在，幸福如意。

出了故宫，离开了森森宫墙，高大的景山横亘眼前，我长舒了一口气。故宫外面的天地多么开阔，多么自由。身后，是两个王朝的象征，也是一个两千年封建帝制终结的象征。面对开阔发展的世界，我忽然想到：不开放，不革新，是终究要被浩浩荡荡的世界潮流所淘汰的。

大美蒲州行

蒲州之所以闻名遐迩，源于《西厢记》故事的发生之地普救寺，抑或是因为唐代大诗人王之涣的名诗《登鹳雀楼》。其实翻开蒲州历史，古蒲州向有“中都”之称，是唐都长安的畿辅重镇。因而，不难想象，这里曾经街市繁华，人烟阜盛，商贾往来，是才子佳人、达官贵人的会聚之地。昔日的辉煌湮没在历史的风沙里，使得人们淡忘了这里曾经的繁华和雄厚的历史文化积淀。在人们的印象中，这里似乎仅仅留下了《西厢记》里的普救寺和《登鹳雀楼》里的鹳雀楼。蒲州故都曾经的辉煌与现在的湮没无闻再一次说明了在与文字的较量中其已败北的不可辩驳的事实。这就是文化的力量。有人鼓吹“文学无用论”，侃侃而论自己的腰包有多么厚实，殊不知这是多么的肤浅。

当这些流传在人们书案，活跃在影视舞台，传承于一代又一代学子口头的文学经典、诗文佳句根植于人们的心灵中，日积月累，就会渐渐形成人们内心深处的精神故乡。普救寺在哪里？鹳雀楼在哪里？带着这些疑问，人们会踏山勘水一路寻来，于是，蒲州这个重量级词语会深深地烙在人们的脑海中。来到这里才会发现，这里其实有更多的文化遗址，有更多的文化积淀。站立在黄河大铁牛的面前，难以想象这里曾经是一条连接秦晋交通的水上大动脉。昔日宏伟的蒲津铁索桥就是用它们作为栓桩稳定而成。而如今的黄河早已改道，历经兵燹，蒲津铁索桥早已毁灭，然而沉睡在黄河泥沙里的一千多年前的黄河大铁牛还会向你讲述千年前的辉煌历史。想象着当年的人们如何踏上这座坚如磐石的铁桥并在波涛汹涌的黄河水面之上迎来送往、贸易交流、婚嫁迎娶；也想象着当年庄严的皇室队伍如何威风八面，仪仗严整、旗帜猎猎地到这里来巡幸。是啊！三十年河东，三十年河西。汹涌澎湃的黄河改道使曾经的铁索大桥荡然无存，也使这些曾经威风显赫的大铁牛沉入河底，然而，岁月终究掩盖不住这里曾经的辉煌，眼前的黄河大铁牛就是历史的明证。

是的，在这座渡口城市的不远处，应该还有一座千年以来让人们惦念的名楼——鹳雀楼。想象一下，当年的王之涣就是站在这座宏伟的楼阁上眺望滔滔不息的黄河水，仰望一轮渐渐西去的白日。于是，他骤然慨叹，吟出一首千古名诗：白日依山尽，黄河入海流。欲穷千里目，更上一层楼。从他沛然流淌的诗句里我们可以想象到当年的鹳雀楼是多么宏伟壮观。而鹳雀楼也自王之涣一吟咏，骤然就与黄鹤楼、岳阳楼、滕王阁一样名驰天下了。紧随其后，文人墨客纷纷慕名而来，留下了大量的诗文名篇、书法珍宝。于是，栉风沐雨的雄伟蒲州城愈加厚重，像一本古老的经卷，散发出浓郁的书香气息。如今，在人们的殷殷期待下，享誉已久的鹳雀楼重新矗立在了黄河岸边，矗立在了古老深厚的蒲州大地上。是的，在它的旁边，应该是巍峨壮观、固若金汤的蒲州城池，可惜，它的存在只能保存在经卷里面了。

当踏上这块慕名已久的土地，我有十分的欣喜，又有十分的凄然。因为昔日鹳雀楼旁边的浩荡黄河水已经远去，在今日的黄鹤楼旁边，是一大片又一大片青青的稻田。是的，出于古老的文化情结，我们可以矗立这么一座纪念碑式的复制品，却永远也无法还原那里古老的辉煌和繁华。但是，从这里我们依然可以体验到古老蒲州大地的唐风宋雨、元明清古韵，而那些存留的蒲州古迹也依然不甘心地在向我们诉说着这里的悠悠历史和文化传承。

耳边忽然飘来一阵蒲州梆子的唱腔，那是河东河西两岸人民曾经迷醉的精神乐园。蒲州，你有无穷的美，你有我笔端倾洒不尽的故土情怀……我想象着，在不远的将来，你将会呈现出更多的文化价值，请允许我再次写下对你的赞美：大美——蒲州，我的精神故乡！

毓秀楼

毓秀楼静静地站在校园一隅，不动声色，常年默默地看着墙外人来人往的闹市，看着熙熙攘攘的人流，看着墙外的法国梧桐春天萌生出了绿叶，夏天撑起一片绿荫，秋天染成了一片霜红，冬天又抖落一身繁华，把干枯的枝丫直直地伸向了长空。

毓秀楼何时热热闹闹起来，时间似乎不是那么准确，但是自从一座衰落的学校交给另一座学校使用的时候，毓秀楼就改变了这里的风水。毓秀楼依然是毓秀楼，模样没有变，身材没有变，体积也没有变，变的只是这里的人，原来稀稀落落的人现在成了黑压压一片人群。

毓秀楼就这么静静地看着这么一群人，听着他们的声音，望着他们匆忙的身影，从秋的凉爽到夏的火热。经历了秋的成熟，冬的深沉，春的萌生，夏的腾跃，毓秀楼一跃冲天，一鸣惊人。

送走了一批学子，又迎来了一批学子，毓秀楼开始了大展宏图的时候。毓秀楼明白这里的故事，这里有过荒度光阴的不肖之徒，他们把光阴漏掉就像叉开手指让流水静静地从指缝间流过一样，毫不珍惜。可怜的他们荒度了时间，而时间也荒废了他们。就像一位哲人所说："你混日子，日子也混了你。"这样的结局注定是悲剧，因为毓秀楼看着他们无奈地走向了无情的社会。

然而却也有这样的一个日子，毓秀楼会静静地看着这些给自己带来荣光的孩子，他们也同样是一群青春灿烂活泼聪明的学子，他们也是一群刚从无声却硝烟弥漫的战场上下来的学子，他们不甘心眼前的处境，因此选择了这么一条路，他们想再破茧成蝶一次，因为他们有着更高的期盼。

于是，就有了这么一个个充满祥和气氛的日子。秋天，凉风习习，毓秀楼前书声琅琅；冬天，毓秀楼前阳光暖暖的，一片春光似的，楼里满是沙沙的写字声和哗哗的书页翻动的声音。这样的阳光里，对面的干枝杈上有时会飞来一群叽叽喳喳开会的麻雀，但是谁也不会去理会，也许那些叽叽喳喳的麻雀声已成了这一群沉浸于书海的学子的天籁声。

冬天来了，春天还会远吗？冬天的最后一场雪竟然下在了春天里，但是寒雪终挡不住春天前进的步伐，雪铺落的第二天就全化成了水。毓秀楼前一排排高大的树木竟然有了春色，干枯的枝条润了，冻僵了的双脚暖和了。毓秀楼的耳朵里多了树木上那一群群翻腾来翻腾去的长尾巴鸟儿。

啊，春天来了，春天来了，毓秀楼听到了那一阵阵怦怦的心跳声，毓秀楼听到了那一句句从心底发出的呼唤声。这里是一条横亘着且看不见的河流，河流的对岸是每一个人期待的目标、理想、灯塔。要过这条河，需要行动。行动是从此岸到彼岸的唯一途径。有人告诫他们，督促他们，提醒他们。他们是幸福的，也是痛苦的，因为他们还在苦苦煎熬。

毓秀楼把这些都看在眼里，毓秀楼不动声色地把他们每一个人的光阴都刻在了自己的心海里。当到了那一天，毓秀楼一定会告诉他们谁曾经忘我奋斗，谁曾经精益求精，谁曾经锲而不舍，谁曾经百折不挠。

到那个时候，毓秀楼一定也是充满骄傲的，仿佛胸前佩戴了一朵大红花，甚至到那个时候毓秀楼也会悄悄地看着那些带着笑容的面容，站在自己面前指指点点，好像在回味以前的岁月。这个时候，毓秀楼就似一位饱经风霜的老人接待自己归来的孩子一样，温和地听着他们轻轻的足音。

毓秀楼，难忘的毓秀楼啊，你一定是每一位学子面前最美丽的风景。

坐在飞机上看云

“各位旅客，请系好安全带，请系好安全带！飞机马上就要起飞，飞机马上就要起飞。”

空姐甜美的声音响起，一时间，原本还有点喧闹的客舱安静下来，大家都屏息凝气地摆出了一副正襟危坐的神态，准备迎接这神奇的一刻。紧接着一阵轰鸣，两耳边像有汽笛的鸣叫声似的，飞机准备起飞了。透过巴掌大的机窗，我看到飞机慢慢地升起，这情形让我想到了雄鹰展开翅膀即将飞翔的状态，飞机两边庞大的机翼就像老鹰慢慢地舒展开那巨大的翼翅一样。当我们感觉到自己好像在跑道上快速跑步的时候，飞机已经像一只鸟儿一样抬起了头，两翼舒展，机舱倾斜，胆小一点的急忙抓住扶手。不知哪位旅客没有收拾好自己的杯子，寂静的机舱里听得见杯子滚落下来的声音，“咣当”一声，发出清脆的音乐。紧接着，机舱里就传来甜美的声音：“各位旅客，请带好自己的物品，请带好自己的物品！飞机已经起飞，飞机已经起飞。”

我再次透过巴掌大的机窗，看到街道和楼房已经在我们的脚下。开始，绿的草坪、红的楼房、青的柏油路，还有那像天牛一样来来往往穿梭的一辆辆汽车，在一条线似的柏油路上急忙忙地奔驰，似乎都还很清晰；但是慢慢地，一切就模糊了，我们已经越过了城市，越过了河流，越过了村庄；渐渐地，我们的眼前就飞来一片又一片的白云。

啊，我们已经融入云海里了，眼前是飘浮的厚厚的白云，一望无边，像草原一样宽广，像雪山一样神奇。我急忙趴在舷窗前，一动也不动，静静地陶醉在这一片云光雾海里。有的云像一只小绵羊从我的身边跑过，我急忙想抓住它，可是它像一支箭似的很快就溜过我的身旁。紧接着又是一阵棉絮般的浓云滚来，一团一团的，好似调皮地打着滚的小孩，引诱着你来追赶。我真想飞出舷窗，踏着云雾，抓上一团棉絮，看看这是什么玩意儿。可是我不能，一回头，我是坐在机舱里，周围是我可爱的同事的脸蛋。于是，我好羡慕那能腾云驾雾的孙悟空，羡慕他能谈笑自若地走在云雾里，一会儿追上这个云朵，一会儿又追上那个云朵。不过，我的想象还真没有停止，我眼睛不离地看着云山雾海，还真希望能见到哪一位衣袂飘飘的仙子会从我的视野里飘过。可是，除了云山雾海以外，还是云山雾海，我什么也没有见到，这让我感到孤独。多么好的景象啊！可是怎么没有一个人来这儿欣赏呢？有时，我恍惚觉得自己像是到了天山，那高耸入云的雪山啊，不就在我的眼前吗？我真想拿着一条鞭子，赶着那些白云一般的绵羊，自由放牧、自由驰骋、自由歌唱。“蓝蓝的天上白云飘，白云下面马儿跑……草原上升起不落的太阳。”欢乐的歌声从我的心底飘荡起来，我的心已经在草原上飞翔起来了。

看，那不是一颗红红的太阳吗？是西去的夕阳吧！红通通的脸蛋一闪而过，紧接着身边就是镀上了金边的火烧云，红得似火，红得似霞，远处是奇峰突起的怒放的山脉，接连不断，层出不穷，一切都显得瑰丽神奇，充满了梦幻般的色彩。我以为到了仙境，那天上一片金子般的云彩还在闪烁着神奇的光芒，充满着无限的诱惑力。渐渐地，我眼前的那一片红光慢慢消失，云彩变成了绛紫色；而远处的山则呈现出了青霭般的色彩，涌动着的云海渐渐像翻动的海浪，充满了云诡波谲般的凶险。我们忽然就像在大海里航行一样，远处那露出黑色脊背的一道弧线会不会是潜藏的鲸鱼呢？幸亏离我们很远，不然我们就倒霉了。一层层波浪在我的眼前涌起，海面比较平静，这是一次风平浪静的航行，我们丝毫没有感觉到轮船的颠簸。

啊，云朵太奇异了！同行的同事们惊叫起来，他们纷纷拿起了相机拍照，有的和我一样沉浸在茫茫无边的云海里，有的禁不住喊出声来"云朵像什么？""像棉花糖""像一匹匹白马""像怒放的花""像奇形怪状的石头"，回来的路上大家纷纷总结。"你来说，"有人对着我说，"你是诗人，想象力丰富。"面对如此奇迹，我一时也难以形容，有太多的词语，但似乎仍不足够。真的，面对这样的云海，你还真是无法形容，无法描绘！也许所有的语言都是多余的，也许所有的比喻都太拙劣，还是让我们好好感受，沉浸在那茫茫的云山雾海般奇异的景象里吧！

青花瓷

“天青色等烟雨，而我在等你；月色被打捞起，晕开了结局，如传世的青花瓷，自顾自美丽。”一首哀婉的情诗把青花瓷也衬托得富有情味。

正如传说中哀婉动人的爱情故事一样，青花瓷的诞生不也是要等一番烟雨的天气，就如天与地的奇崛相恋一样，才会产生这样奇绝的美丽精灵吗？

我喜欢青花瓷，主要是喜欢青花瓷氤氲出的一种淡淡的氛围。青花，自有一种素朴淡雅之味，不像红色那样浓艳，也不像黑色那样冷酷；青花，是一种摒弃了其他颜色之弊而具有其他颜色之长的一种美。它，淡雅如兰，富蕴清香，就如一支出淤泥而不染的莲花一样，散发出永恒的魅力。

何时喜欢上青花瓷，就连我也不知道，只是在我眼前就这样晃动着一个青花瓷的美丽身影。我不是什么陶瓷专家，也不是经营陶瓷的商人，更不算陶瓷的业余爱好者，我只是一个喜欢古典诗文的书生，一个古典韵味的痴迷者。

装修房子时，妻拿来了一个装修图案，让我挑选，在众多的图案中我不知怎么就挑选上了它。兴许是它淡雅如水的风格，兴许是它上面配的一首精致哀婉的诗——“天青色等烟雨，而我在等你；月色被打捞起，晕开了结局，如传世的青花瓷，自顾自美丽”。

我是一个钟情诗歌的书生，少年时喜欢读诗养成的嗜好使我对于诗歌有一种特别的情结。也许是诗歌的魅力，也许是它那淡雅的风格，也许是它那一种浅蓝浅蓝的色调，我就这样凭着直觉选中了它。这样我的家里也就有了一种诗文的味道，一种淡雅的气息。

每次打开房门，映入眼帘的青花瓶的图案装饰显得特别舒心养眼。我常常会驻足静静地品味着那一首蕴涵深意的诗句，“天青色等烟雨”，后来才知道青花瓷是要等待一场江南的烟雨天气才好烧制的精灵，这样对青花瓷就越发喜爱，因为青花瓷毕竟不是一般的瓷器，而是有着灵性的精灵。

青花瓷细腻、优雅、精致的品格常常让我想起多水的江南，想起了一弯拱桥，想起了多雨的梅雨季节。于是，在桥头上就多了一位身着白底浅蓝花旗袍的女子，那可是青花瓷幻化的女子，优雅、素洁、含蓄、不张扬的美尽在那一瞬间。

后来由于偶然的原因，我看到了一篇题名为《青花瓷》的文章，感觉非常投合。是啊，青花瓷本身就是独具魅力的灵性之物，在烟雨氤氲之季节，在窑工们耐心等待的日日夜夜里，那一种釉色的着调不也是要有一场不期而遇的约定吗？在这苦苦的等待中，这神奇的传说中的青花瓷不就是天籁一样的产物吗？而人间那些真正的大美不也就是在苦苦的等待中产生的吗？

美丽的青花瓷，让人着迷的青花瓷，能不让人爱恋吗？就如爱恋“天青色等烟雨，而我在等你；月色被打捞起，晕开了结局，如传世的青花瓷，自顾自美丽”一样。

庄子，一条会飞的鱼

庄子在诸子里其实是最富有理想的一个人，没有一个人能够达到他的高度。

在他的理想中，自己就是那一条北冥的鱼，倏忽化而为鸟，飞上那冥冥之天；倏尔化而为鱼，潜入那南冥之中。青天和南冥啊，就是他那理想翱翔和漫游的舞台。“背负青天而莫能夭阏者”，青天也，抑或南冥也。青天和南冥，一个是何其高，何其大；一个是何其阔，何其深。对于漫游的鱼儿和翱翔的鸟儿来说，无拘无束，无阻无遏，无边无际，天马行空，独来独往，就是无上的幸福。

故而对于这条始终都想自由飞翔的鱼儿来说，他始终都保持着对高官厚禄的警惕性，他宁愿做一条在泥潭里拖着尾巴的鱼，也不愿做一只在高贵的匣子里供奉的龟。他生怕匣子束缚了自己的鳍，让自己变成一只缩头缩脑的乌龟。在他看来，即使是泥潭里拖着尾巴的鱼，也有可能游到广阔的大海里，也许只要一场大雨，一次河流的泛滥。因为在上古时期，林木丰茂，植被众多，雨量充足，一条即使暂时遇到困难的鱼，也可能随时获得驰骋大海的机会，只要到了大海里，就可以自由自在，无拘无束，何人可以约束自己呢？

在自由漫游的那一刻，在自由飞到了极高的程度，不就可以由必然王国飞到自由王国里了吗？而自己何必要做那奴性十足、缩头缩尾的乌龟呢？做乌龟固然有享受不尽的荣华富贵，有穿不完的绫罗绸缎，死后还可以以贵重的棺椁入葬，接受后人的供奉，但是错了，庄子眼里的匣子和棺椁是一样的价值。他知道一旦自己接受了楚王的邀请，那么无异于把自己装进了一个棺椁里，死去的不仅是躯体，还有可以自由飞翔来、自由飞翔去的思想——他的可爱的思想不就是那一条快活自由的飞鱼吗？享受了别人的俸禄，接受了别人的馈赠，自己不就变成了一条随时任他人宰割的鱼了吗？

庄子是透彻的、清醒的，在他眼中，俸禄是鱼饵背后可怕的鱼钩，是套住翅膀的鸟笼。于是，他潇洒地挥一挥手，做出一件让许许多多的人都想不到的事情，甚至拒绝了一件许多人都梦寐以求的事情。于是，有人嘲笑他，认为他痴；有人讽刺他，认为他傻，甚至认为他是疯子，于是楚王也放弃了对疯子的戒备，回使的人也轻轻松松地完成了任务。其实谁也不知道，这位令当时人认为是疯子的家伙却是一条实实在在自由快活的鱼，他逃离了随时都可以钓到他的鱼钩，随时都可以缚住他的网。

他的老师老子虽然比他清醒，常常说道："福兮，祸之所伏；祸兮，福之所倚。"看透了是看透了，但是却没有他那么轻巧，那么洒脱，那么自由自在，那么狂放无羁，毕竟他是史官出身，说话还是靠天靠地，依着对于历史的高度总结而言，做起来总还不是那么自由奔放。而到了他的时代，他就无所羁縻、无所羁绊了。因为那是一个昏聩的时代，是一个大混乱的时代，儒家的仁义之名被大盗窃夺，儒家所谓的仁义成为大盗们伪饰自己的袈裟，成为欺世盗名者追名逐利的锐利武器。所以他恣意放肆，荒诞之言、荒谬之语喷薄而出。妻子死去，他鼓盆而歌，不仅不悲泣，反而敲盆而歌，还扬扬自得地解释，彼从无中来，复到无中去，何言其有，何言其无，真是旷世一奇人！他把生和死看作一样，即使是八千岁为春、八千岁为秋的大椿，也有终结生命的时刻，更何况活了八百岁的彭祖呢？那么，只有什么不死？就是思想，就是他日日夜夜都想做的那一条飞鱼，永远想飞翔在人类思想的长河里，至今仍鲜活腾跃的自由思想。

而今庄子，那一条会飞的鱼，不是世世代代都飞翔在热爱自由、热爱理想的人们的心中吗？

夔州，咏唱不尽的秋意

没有哪一位诗人像他这样多苦多难，没有哪一位诗人像他这样颠沛流离，没有哪一位诗人像他这样痴情地歌唱着这块土地和这块土地上的人民。我想起了现代诗人艾青的一首诗：“假如我是一只鸟，我也应该用嘶哑的喉咙歌唱，这被暴风雨所打击着的土地，这永远汹涌着我们的悲愤的河流，这无止息地吹刮着的激怒的风，和那来自林间的无比温柔的黎明——然后我死了，连羽毛也腐烂在土地里面。为什么我的眼里常含泪水？因为我对这土地爱得深沉……”这也许是对你最恰切的写照，这也许是对你形象的生动阐释。我的理智无法阻止汹涌的想象和感情的洪流，任凭庄周的那一只大鹏携长风，浩荡而去。

我看到你踽踽奔走在崎岖艰险的蜀道上，枫叶飘飘，清猿哀鸣；我看到你漂流在寒意瑟瑟的长江巫峡上，江间波涌，白浪滔天；我看到你愁苦的脸上雕刻着忧国忧民的哀叹，风雨交加，凭轩流涕。没有人像你的眼泪这样多，没有人像你的心胸这样广，没有人能将这一片大好河山和这一片土地上多苦多难的人民的灾难和着诗噙饮。

夔州的秋意浓浓，寒意瑟瑟，可你的心却是火一样的煎熬；巫峡里风急浪高，白浪滔天，可是你心中涌动的浪潮？五更的阵阵鼓声，惊天动地；拂晓的悲壮号角声，穿越夔州的上空，像利剑一样划破夜的寂静，穿越你不眠的心灵。三峡上空，那一颗颗闪耀的星星仿佛要告诉你又一场大战的来临，哀痛的祖国，苦难的人民，曾经魂牵梦绕的家园、亲人，今夜可好？闪耀的江水无语，耳际传来白浪拍打江堤的声音，那声音里仿佛裹动着无数流离失所的难民的影子、妻离子散的破碎家园。

曾经的盛世长安如今安在，曾经的龙颜如今安在，曾经的“翠微盍叶垂鬓唇，珠压腰衱稳称身”的曲江丽人安在；只可惜“渔阳鼙鼓动地来”，惊破那翩翩的《霓裳羽衣曲》；只可惜莺歌燕舞的长安城，已经沦陷于叛军的屠刀之下。那夏天般火热、夏天般繁荣的盛唐已经黯然离去，一个寒意萧瑟、令人感怀万千的秋天，不期而至；黯淡了曾经的辉煌，黯淡了曾经的红颜，黯淡了“紫驼之峰出翠釜，水精之盘行素鳞”的豪门盛宴。如今，这些已经成为各个野心家和占有者的饕餮大餐。我看到盛唐的大船在千疮百孔、风雨飘摇中艰难地前行。

八年的战乱，十几年的流离、被俘、屈辱、逃离、颠沛，犹如一场噩梦，人间仿若炼狱。你的笔下显现了“牵衣顿足拦道哭，哭声直上干云霄”的穷兵黩武；显现了“有孙母未去，出入无完裙。老妪力虽衰，请从吏夜归，急应河阳役，犹得备晨炊”的悲惨；显现了“朱门酒肉臭，路有冻死骨”“新鬼烦冤旧鬼哭，天阴雨湿声啾啾”的凄凉。诉不完的苦难，也有闻官军收复河南、河北的“漫卷诗书喜欲狂”的惊喜；写不完的民间疾苦，也有“丛菊两开他日泪，孤舟一系故园心”的悠悠乡思。

夔州的秋天并不是一个平静的秋天，面对“无边的落木，不尽的长江”的萧萧秋色，你感怀万千，独自登台，瞭望着秋江景色，感受着猎猎长风，聆听着空谷猿鸣。忆往昔，黯淡了少年壮志；怀千古，叹息着韶光易逝。流年似水，秋意萧条。昔日的大唐不再，繁华不再，只剩满目的苦难和满腹的哀怨。你，好似跋涉了一千年，在艰难苦恨中徒然增添了万千白发；你，好似经历了一万年，在风雨飘摇中客居他乡。在潦倒中，你任那一杯又一杯的浊酒洗刷满肚的惆怅；在飒飒秋风中，你任那涛声轰鸣在耳。

一腔衷情，临末了，还不忘君主情——“一卧沧江惊岁晚，几回青琐点朝班”；一腔衷情，风雨中，还不忘寒士情——“安得广厦千万间，大庇天下寒士俱欢颜”；一腔衷情，漂泊中，还不忘儿女情——“遥怜小儿女，未解忆长安。香雾云鬟湿，清辉玉臂寒。何时倚虚幌，双照泪痕干”。绵绵柔情，殷殷赤子之心，照耀在华夏的土地上。

而今夔州的秋意依然浓烈，夔州的涛声依然响亮。不过，今天，是在一个前所未有的华年里的秋意，是在一个诗人做梦都梦不到的华年里的秋意。让我们永远记住这位一生在盛唐寒秋里泣血歌唱的荆棘鸟——伟大的诗人杜甫吧！因为在夔州，有他咏唱不尽的秋意；因为在夔州，有他抒不尽的绵绵渺渺的爱国情怀。愿他的绵绵情意绵延在滔滔不息的江水中，愿他的美好情愫绵延在华夏美好的岁月长河里。

沈园，那一把思念的青草

提起沈园，想起了陆游，好像骑车下坡一样，源于一种惯性的力量，想刹住车，却也刹不住，于是乎任由情感的车狂奔，这不，一奔就奔到了南宋。

南宋的天是江南的天、晴朗的天、明媚的天。这里山之清水之秀，风光之迷人，街市之繁华，人烟之兴旺，真可以用柳三变的词来形容："东南形胜，三吴都会，钱塘自古繁华。烟柳画桥，风帘翠幕，参差十万人家。……市列珠玑，户盈罗绮，竞豪奢。重湖叠清嘉，三秋桂子，十里荷花。羌管弄晴，菱歌泛夜，嬉嬉钓叟莲娃。千骑拥高牙，乘醉听箫鼓，吟赏烟霞……"

明媚的江南，在南宋流亡朝廷政治经济文化中心的影响下，在躲避"靖康之难"的大批达官贵人、商贾巨富、才子佳人、普通庶民的装扮下，依然是万里山河万里秀，处处莺歌燕舞，妖娆美艳。曾经的"靖康之难"的战火，血肉横飞、撕心裂肺、惨绝人寰的场面，在温柔而明媚的江南的浸泡中都瞬间消失得无影无踪。

不长记性的南宋小朝廷于是忘乎所以，依然一副君临天下的气派，俨然一副公子爷的气派，忘记了家国之仇，君父之恨，在六朝金粉、秦淮粉黛的簇拥下又沉入一番“暖风熏得游人醉，直把杭州作汴州”的醉生梦死的生活之中。

在这样的氛围中，在这样的情调里，他的出现也许真有点不合时宜，他是带着“楼船夜雪瓜洲渡，铁马秋风大散关”的激情，在狼烟夜举、阵云风高、青鬓朱颜、壮岁从戎、气吞残虏的年龄里挥戈西戍，他也曾经受到隆遇，他也曾经意气风发地驰骋疆场。可是他太愚钝、太执着、太顽固，不知那衰弱的南宋王朝已经是病入膏肓、腐烂入骨、朽木不可雕也。

温软的秦淮河，承载了浓重的六朝金粉，她的情调，她的柔软，不适合做任何一个想崛起的强大王朝的政治中心、军事中心，而在历史上也没有哪一个王朝能从这里走向中兴、崛起，甚至强大。相反，留下的却都是一些亡国之君的悲剧故事和凄婉的哀叹。脂腻粉涨的秦淮河，依然是灯火辉煌，明星荧荧，绿云扰扰，烟斜雾横；歌台暖响，春光融融；楼船画舫，朝歌夜弦。醉生梦死的南宋王朝在几次战斗失利后，便灰心丧气，一蹶不振，偏安一隅，苟延残喘，只好以俯首称臣的姿态，用大把的银子和细绢来维持现状，维持纸醉金迷的奢侈生活，安享太平，享受人间的荣华富贵。哪里还想到昔日的“靖康之难”、家国之耻、君父之恨！

只可惜你那一腔殷殷报国之情，拳拳赤子之心！谁曾想到，当年万里觅封侯、匹马戍梁州之志，如今是关河梦断、尘暗旧貂裘；谁曾想到，日日夜夜尚思为国戍轮台的你，竟然在“夜阑卧听风吹雨”的梦里披甲戴盔持戈上阵；谁曾想到，在那“连山如画，佳处缥缈著危楼。鼓角临风悲壮，烽火连空明灭，往事忆孙刘”的大志中徒然蹉跎了岁月，凋谢了朱颜。

政治舞台上的风云变幻，从来都难以预料。在“金宋议和”的大背景下，在人们已经习惯偏安一隅的安定的生活中，你却依然念念不忘“王师北定中原日，家祭无忘告乃翁”的论调，你却还高挥“死后元知万事空，但悲不见九州同”的北伐旗帜，岂不是自讨没趣，不识时务；难怪到最后也只能落得“志士凄凉闲处老，名花零落雨中看”的收场。

繁华热闹的京城里依然是歌舞升平，夜夜欢歌，商女不知亡国恨，隔江犹唱后庭花。离群索居，百无聊赖的你，在漫漫长夜里，辗转反侧，无法安眠，谛听着那小楼外的绵绵细雨声，想象着明朝深巷里传来的卖杏花的悠长声音。长夜难熬，回望镜中，你猛然发现自己已是衰鬓斑白；回望中原，当年气概如山，你可曾想到世事的艰难，人生的难卜？只是空枉了那塞上长城的自诩。罢，罢，罢，且依那镂花窗格取一矮纸，迤逦斜行，泼墨挥毫，遣愁泄恨。待那春雨初霁之时，在明朗的镂花窗格子旁边，暂且品茗赏茶，打发闲情。多风尘的京落，不适合你的素衣！倒不如明朝一竿风月，一蓑烟雨，潮落潮起浩歌归去。

沈园的青草依旧，亭堂依旧，弯桥依旧，破壁依旧，斜阳依旧，只是在淡淡的、昏黄的余光里听到那城头上悲凉的画角，衰微的杜鹃的啼鸣声。你独自站在那伤心桥下，想起玉人的惊鸿一瞥，想起“黄縢酒，红酥手”的温馨往昔，想起“采得黄花作枕囊，曲屏深幌闷幽香”的年少执着。而如今令人伤心的城南小陌，又是一年春草绿，只是可惜了那树树晶莹如玉的梅花。静思中，只好把那美好的青春和无边的爱恋都深深地融入那无限的春水绿茵之中，让沈园的一花一草、一桥一亭、一抹流水、一寸光阴，记住这“曾经沧海难为水，除却巫山不是云”的爱恋，然后一竿风月，一蓑烟雨，潮落潮起浩歌而去。

路遥，一位充满英雄主义精神的作家

山原起伏、沟壑纵横的陕北高原既是一个贫瘠落后的地方，也是一个英雄辈出的地方。明末最大的农民起义就是从这里发起的，撼动、摧垮了腐朽、垂死的朱明王朝。高迎祥、李闯王的故事在这里代代流传。再向北，就通向了浩瀚的沙漠、辽阔的草原，成吉思汗的英雄故事也在这里代代流传。处于游牧文化与农耕文化交叉地带的陕北人民，既有着固守家园的传统思想，也有着粗犷豪放的游牧文化思想。在这里，特殊的地理文化环境既孕育出温婉动情的陕北民歌艺术，也孕育出像安塞腰鼓那样雄浑壮丽、吞天吐日的高原文化。这里曾经是中国革命的圣地，是一个集中了全民族最优秀的人才的渊薮之地。饱受战争洗礼的人民往往饱含革命激情与革命信仰，他们曾经用自己的热血捍卫了红色革命政权，为中国革命立下了汗马功劳。

一块深受英雄精神洗礼的土地，一块饱受苦难与抗争浸染的土地，这也是路遥精神成长的母土。路遥，就是这块土地上成长起来的英雄的马兰花。一方面，马兰花有着顽强的生命抗争力；另一方面，它又能给苦难中的人们带来美好和希望。在路遥成长的人生历程中，我们不难看到精神导师柳青对他的指引作用。柳青说过这样一段话："从黄陵到延安，再到李自成故里和成吉思汗墓，需要一天的时间就够了，然而，这么伟大的一块土地没有陕北自己人写出两三部陕北题材的伟大作品，是不好给历史交代的。"他的话深深地嵌入了路遥的内心，令他激动不已。当然，柳青对路遥的期待与寄予的厚望，也是不言而喻的。要说柳青在当代中国文坛的地位，尤其对陕西作家的深刻影响，那不亚于一面旗帜、一位精神导师和一位文学教父。因此，柳青的话以及柳青的伟大指导也就自然成为激励他冲刺文学高峰的精神动力。当然，这里还有诸如曹谷溪、陶正等一大批热爱文学的挚友对他的文学帮助和启发，也有一大批欣赏他、帮助他的编辑老师的指导与教诲。正是受着他们的帮助与激励，路遥一步步走向了事业的巅峰。

苦难的土地给予了路遥坚忍不拔的精神，也给予了他昂扬向上的动力。在其代表作《人生》《平凡的世界》里的高加林、孙少平、孙少安等人身上，我们总能看到路遥的影子——一个充满着奋斗精神的形象，一个充满着浪漫英雄主义精神的形象。对于苦难的摆脱，对于美好生活的追求，他们是多么地热切啊。是啊，对黄土地上苦难的深深理解与承受、反叛，一直主导着路遥不停寻找美好的人生，路遥在寻找美好人生的途中，遇到了文学缪斯的青睐。这让他深深地迷恋了进去。没有想到，他的一次次努力，都给他带来了荣誉与希望，是文学让他走出了苦难深重的黄土地；也是文学让他深深地痴迷于其中而最终累垮在人生的路途上。

他反叛黄土地，但他更热爱黄土地。黄土地的苦难让他抗争、奋斗、反叛；然而，黄土地上勤劳、朴实、善良的人民，又令他深深感恩。他是一位不满足于现状的夸父，倒在逐日的路上。在文字的征伐上，他就像英雄成吉思汗一样，有着崇高的目标和宏伟的蓝图。可惜，经年累月的勤奋著作让他积劳成疾。虽然他英年早逝，但人生无憾，正如作品内容简介里写到的：“路遥的短暂人生迸发出强大的生命光焰，其作品《人生》《平凡的世界》影响了千千万万的普通读者。”

路遥是强者，是文坛硬汉。他的一生，是奋斗的一生，是洋溢着崇高英雄主义精神的一生。这种精神，对现今物质大丰富却缺少崇高精神追求的人们来说是最好的激励。我们的时代依然需要崇高信仰，依然需要崇高的人生追求。物欲横流的时代，我们不能做拜金主义的奴隶，更不能在浑浑噩噩、碌碌无为中度过。我想，这也是《路遥传》给我们的一个最大的精神启示。

近读陈忠实

“言如其人”，陈忠实是典型的关中汉子，说话操一口浓重的关中方言，我虽然至今未能亲谋其面，亲聆其声，但从方方面面的角度都比较清晰地了解了我敬仰的这位陕西作家。有一次，在某个省级驰名的报纸上，我没有想到自己的一篇文章竟然和他的文章在一个版面上，这让我更生一种亲切的感觉。

陈忠实是朴实的，也是深刻的，就如他那沟壑纵横却不失坚毅的脸一样。他那饱经风霜的脸总让人想起能耐得住大苦大难的秦川人民；而厚重的《白鹿原》的出版，也显示了他秦人的坚毅本色。记得《白鹿原》出版时，陈忠实在序言里提到了一位读者的来信，那位读者的意思大概是说写这一本书的人一定累得满头白发了。而陈忠实在叙述中是把它作为一种调侃的佐料，这也足见完成这一本巨著的不易。“这次豁出去了，如果还弄不成，就回家养鸡去。”这是陈忠实给妻子撂下的一句话，那是一种写《白鹿原》的决绝，是一种“破釜沉舟，百二秦关终属楚”的豪气。至今，这句话仍让人感觉亲切、感人。没有豪言壮语，很结实的一句话，实实在在的一句话，就像我身边的陕西乡党一样，说话从不文绉绉、细声细气，而是有着西北人的刚强和豪爽。

“你哪天也弄个硬的，弄个枕头出来。”这个话来自陈忠实的典故。为了完成一部堪称“一个民族的秘史”、死后可以放在自己棺材里当枕头用的大书，陈忠实下了功夫，而他下的功夫没有白费。陈忠实因为《白鹿原》而出名，《白鹿原》面世的时间是1993年上半年，几乎与之同时面世的还有高建群的《最后一个匈奴》、贾平凹的《废都》、京夫的《八里情仇》和程海的《热爱命运》。

我清晰地记得当时的《陕西日报》大幅报道了这一新闻，新闻的标题是《陕军东征，“火爆京城”》，而当时的我还在某基层学校。因我平时非常关注《秦岭》副刊，看到这样的一条重要新闻，一时和同行们争着传阅。现在，“陕军东征”那件事快过去二十年了，若不是爱上了文学，也许我和所有的人一样都不会再提起那件事。

记得妻子后来看到此书，看着《白鹿原》的封面人物，说了一句很实在的话，“这个人像我爷”。是的，我也有这种感觉，《白鹿原》的故事演绎的是关中这块土地百年的历史变迁，书中刻画的那位拄着拐杖、脸上刻满皱纹的白嘉轩老人的形象在这块厚实的土地上不难找到。当我打开《白鹿原》的扉页时，看到的是作者那布满皱纹如沟壑纵横的脸，犹似充满神奇色彩的白鹿原一样。肖像的下一页是简单的一句话：“小说是一个民族的秘史。”落款是巴尔扎克。我知道巴尔扎克是19世纪法国批判现实主义文学的杰出大师，引用这一句话如同找到了一个杰出的导游一样，瞬间，把人的好奇心激发了起来。接着不用详细介绍，就是一个接着一个的离奇故事，神秘、怪异，紧紧吸引着我读下去，也同样吸引着热爱文学的人读下去。

陈忠实在文笔和构思上与路遥的风格是完全不同的。陈忠实可以说是儒道相济，奇正结合，伟大的现实主义和伟大的浪漫主义交叉运用，是关中这块土地厚实的传统文化和神秘的秦岭文化的有机结合。而路遥呢，是纯粹的儒，偏于正统，是典型的伟大的现实主义风格。这种差异的产生，大概也是由于两人写作的题材不同。路遥着重写作的是当代社会现实性的东西，大胆夸张、荒诞性的构思受到一定的影响，制约着文章的张力；而陈忠实就不同了，由于写作的年代跨度大，作者就能够驰骋想象的翅膀，大胆运用拉美魔幻荒诞的艺术技巧进行大胆的构思，这使得小说充满了瑰丽性的色彩，充满了诱惑人的磁力，加上陈忠实的小说语言有着土地般的淳朴和瑰丽，因而语言立体感很强。于是，《白鹿原》在“东征”的五部小说里可以说是最受读者欢迎的。因为这部小说的神奇，紧跟着白鹿原——陈忠实生活的故土，小说创造的典型环境——也渐渐成为人们茶余饭后谈论的焦点。白鹿原位于古都西安附近，沿秦岭山下顺势摆开，依山托岭，望之蔚然，倒有几分神奇色彩，再加上经陈忠实艺术的巧手精心点化，于是，这块故土也成了一处丰厚的人文景观。

关于《白鹿原》的另一个好消息是，它赢得了第四届（1989—1994年）茅盾文学奖，这也是众望所归的事情。在《白鹿原》之后，陈忠实继续出版了他以前的小说，但都无法与《白鹿原》相媲美。也许正如陈忠实所言，这是一本死后可以当作枕头枕的书，而这本书，也熔铸了他将近二十年的心血，真可谓“字字看来皆是血，廿年辛苦不寻常”啊。

眼下，据说电视连续剧《白鹿原》正在濒临黄河、具有丰厚人文底蕴的渭北合阳某地拍摄，而此地也正好距离我的家乡不远，心里期待着这一部巨著能很快上映，也期待着再一次卷起阅读《白鹿原》的风暴。

做人要大气

有一句话这样说："世界上最广阔的是海洋，比海洋更广阔的是天空，比天空更广阔的是人的胸怀。"是啊，拥有一个广阔的胸怀，何愁不能成就人生？纵观历史的星空，那些闪耀着熠熠光芒的历史名人无不是以自己广阔的胸怀容纳来自不同领域的异见，他们胸怀天下，胸怀事业，无论在做人还是在做事方面，都给我们树立了光辉的榜样。

俗话说：金无足赤，人无完人；人非圣贤，孰能无过。坦然面对自己的缺点，虚心接受来自不同方面的批评声音，才可以看到自己的不足之处，也才能促进自己的进一步完善和进步。时代在发展，观念在更新，人们的知识视野在不断地扩大。一个人，倘若夜郎自大，坐井观天，盲目地认为老子天下第一，不知天外有天，人外有人，往往只会自取其辱。先哲荀子曾言："不登高山，不知天之高也；不临深溪，不知地之厚也。"一个人，只有面对广阔的生活，才能感到自己的渺小，也才能懂得天下之大，无奇不有。

故树立大胸怀，是做人大气的基础。要树立大胸怀，就要树立大理想、大目标，这样才会有大境界。一般而言，一个人的心胸不广，是理想不远、目标不高的缘故。由于理想不远、目标不高，人的目光着眼点就浅，心胸就窄；眼光短了，心胸窄了，内心的境界就不会高。因而对不同的意见和批评就难以接受，即使是一般的小事情也会耿耿于怀，蜗牛角上争长短。

提起心胸狭窄，必然会想到三国时期的周瑜。《三国演义》中有一段精彩的三气周瑜的戏，在多次与诸葛亮的较量中周瑜最终吐血而亡，成为后人嘲笑气量狭小的典型。而在这一点上，与周瑜相比，司马懿就要大气得多。老子常言："知人者智，自知者明。"在三国鼎立斗智斗勇的长期逐鹿天下的战争中，诸葛亮与周瑜斗法，与司马懿斗法，周瑜不敌而亡。而司马懿却不是这样的气量，作为敌手，司马懿老谋深算，他知道自己用兵打仗智谋不如诸葛亮，就干脆装熊，在蜀兵侮辱谩骂声中死活都不出兵，而采取以相持来拖垮诸葛亮的办法。在这一点上，司马懿的气度显然要比周瑜高出许多，周瑜心胸狭小，临终感叹"既生瑜，何生亮？"而司马懿却不是这样，即使被诸葛亮打败了，还赞许"诸葛亮真乃神人，吾不如也"。但是最终，司马懿还是在诸葛亮死后消灭了蜀国，为晋朝的建立打下了坚实的基础。假如司马懿也像周瑜那样，岂不是要步其后尘吗?

每个人的才能天赋都是有差异的，承认这个差异，承认自己的不足，认识自己的局限性，就能以积极的态度来接受来自各个方面的批评，从而不会落入被人称为"坐井观天，夜郎自大，老子天下第一"的笑话中。

最常听到的一句话是"文人相轻"。"文人相轻"的原因何在？其根源就在于文人的心胸不广，个个自立门户，自恃其才，其状态犹如耍刀的讥讽弄枪的，弄枪的嘲笑耍刀的，什么都不会的还要指指点点，说上几句风凉话。要改变文人相轻的状态，还是要回到一点上，就是做人要大气，要有大胸怀，而不是"你讥讽我，我嘲笑你"，要真正地低下头来，互相谦虚地学习，互相真诚地相助，促进双方事业共同提高。在这一点上，唐代大诗人李白就给我们树立了一个很好的典范，面对黄鹤楼的美丽景色，李白诗意大发，运笔挥毫之际，抬头看到崔颢一首《黄鹤楼》：“昔人已乘黄鹤去，此地空余黄鹤楼。黄鹤一去不复返，白云千载空悠悠。晴川历历汉阳树，芳草萋萋鹦鹉洲。日暮乡关何处是，烟波江上使人愁。”立马住笔，题写道：“眼前有景道不得，崔颢题诗在上头。”瞧，这就是李白的大气。

做人要大气，这既是一种品格，也是一种境界。大气的人生，什么时候都会是光风霁月，阳光明媚；不大气的人生，什么时候都是愁眉苦脸，忧忧戚戚，这样活着实在猥琐。老子讲：“人法地，地法天，天法道，道法自然。”我们做人，同样也要有一颗海纳百川、泰山不让其土的胸怀，欣赏他人，容纳他人，正确认识自己，既不自高自大，也不妄自菲薄，以低下头来的心胸成就自己。

语文老师当为“杂家”

语文就像一座百花园，花园里遍植牡丹、芍药、玫瑰、月季、紫罗兰、常青藤等奇花异草。打开课本，一篇篇新奇的内容、优美清新的文字带着笔墨飘香的气息迎面扑来，让人爱不释手。

语文就像一座藏品丰富的宝库，上至天文，日月星辰，星光灿烂，云蒸霞蔚；下至地理，江河湖海，山川地貌，风土人情；中至人事，花草虫鱼，婚嫁丧娶，迎来送往，荦荦大关，无所不包，无所不涉。

语文就像一桌满汉全席，集合五湖四海的山珍海味，集纳人间酸甜苦辣，可谓色香味一应俱全。

语文的丰富性、庞杂性决定了语文学科的特点，因此在知识的储备上，语文老师当为“杂家”。不说成为某一方面的专家，也应该是个知识丰富、视野开阔、兴趣爱好广泛的杂家，这势必要求语文老师要多读书、善学习，勤于观察，勤于思考，勤于动笔。这样，积少成多，集腋成裘，积水成河，语文老师才有可能在学生心目中矗立起高大的形象。

当然，现代社会信息迅猛增加，知识传播很快，要说让语文老师什么知识都懂得，那也不现实。但是，与时俱进，关注生活，关注时代，关注文化、文学、科技等方面的发展成果，语文老师还是要做到的。

语文老师一方面要钻研古籍，打下扎实的古典文学修养；另一方面要研究文学史，能够将古今中外的文学现象、文学发展成果梳理出来。不敢说具有像林语堂那样脚踏中西文化、评说宇宙文章的大师风范，最起码在自己的专业领域里能够说出个子丑寅卯来。

具有丰富的知识、广泛的爱好才能使语文老师肚中有“货”，只要肚中有货不怕倒不出来，就怕腹中空空如也，如山间竹笋让人兴味索然。语文老师倘若修炼到不论讲到哪个知识，都能滔滔不绝，信手拈来，不愁学生不为你的精彩而鼓掌，不愁学生不爱去读书、去写作，在老师的示范带领下我想优秀学生会涌现出一大批。

梁实秋先生在《记梁任公先生的一次演讲》中写道：“先生博闻强记，在笔写的讲稿之外，随时引征许多作品，大部分他都能背诵得出。有时候，他背诵到酣畅处，忽然记不起下文，他便用手指敲打他的秃头，敲几下之后，记忆力便又畅通，成本大套地背诵下去了。他敲头的时候，我们屏息以待；他记起来的时候，我们也跟着他欢喜。”由此足见一位优秀老师对学生的影响。众所周知，梁实秋是现代散文大家，学问渊博，知识丰富，他的散文自成一体，富有知识性与趣味性，是典型的学者散文。

常言道：“书到用时方恨少，事非经过不知难。”语文老师一方面要读万卷书，另一方面还要行万里路，增加人生阅历，增加社会实践经验，方能完善自己的人生。

如果说一堂语文课就像一篇文章一样有个起承转合，像一篇小说一样有个跌宕起伏的话，那么，这一堂课自然是精彩的课、吸引人心的课。学生若能从老师的一堂课里看到天地山川的神奇、人生万卷的精彩，自然会心与老师共舞，情与老师共鸣。正像梁实秋先生写的“他敲头的时候，我们屏息以待；他记起来的时候，我们也跟着他欢喜”。

成为“杂家”的语文老师，不仅能说，自然也能写。因为说是用嘴写，写是用笔说，两者是相辅相成、相得益彰的。当然，那种茶壶里煮饺子，有嘴倒不出来的现象也是有的，但只是个例。一般而言，只要肚里有货，不怕倒不出来，就像一句名言所说：“怀才就像怀孕，时间久了自然就显露出来了。”

还是那句老话“腹有诗书气自华”，语文老师还是应该深修为、深涵养，便自然会说起来有声有色，写起来笔底生风，头头是道。

语文老师应当富有才情

才情，对于一名语文老师来说，是非常重要的。作为一名从事语文教学工作的人，本身在听、说、读、写方面就占有优势。语文本身就是一门最适合教学相长的学科，老师在教，也是在学。长期下去，语文老师应当个个富有才情。不说上下五千年的传统文明对语文老师的陶冶与熏陶，就是发出现代文明之光的西方人文主义思想、人本主义思想也是对语文老师心灵的洗礼。

语文老师应当富有才情。既然提到才情，那么就要谈谈究竟什么是才情。才情是一个人内在学识、才华、情感、想象、智慧等综合素养的外在表现。这种表现也许体现在语文老师潇洒风趣的谈吐上，也许体现在语文老师滔滔不绝的辩论中，也许体现在语文老师思如泉涌、妙如莲花的文章中，也许体现在语文老师挥洒自如、与学生一起激情共振共舞的课堂上。

有才情的语文老师当然有一份自信，有一份从容，有一份潇洒，有一份乐观。有才情本身就是语文老师外在精神、神采的标志，也是吸引学生爱好语文与文学课堂的动力。当语文老师站在课堂上，朗诵一首小诗，背诵一段精彩的妙文，做一个精彩的开场白，讲一个妙趣横生的故事，或者即兴发挥就能口占一绝，那么，这不仅是语文老师巧妙地展示自己的个性与才华的舞台，也是吸引学生参与课堂互动、调动学生听讲兴趣的突破口。

语文老师要有才情，就当有个性。保持自己的个性是语文老师形成自己独特教学风采和教学风格的重要人文素质。一个循规蹈矩的语文老师，一个谨言慎行、唯唯诺诺的语文老师，一个墨守成规的语文老师，一个缺乏生命激情的语文老师，一个不愿张扬个性的语文老师，一个前怕老虎后怕狼的语文老师，一个不愿意学习、不愿意进步的语文老师，一个生活单调、爱好贫乏的语文老师，如此种种，都不是好语文老师。

一堂生动的语文课，不仅仅体现在教学的设计上，更体现在语文老师才情的闪现与挥洒自如上。语文老师临场的机智应对，生动幽默风趣的语言，和蔼大方的表情手势，一个微笑，一个关怀的动作，一言一语等都能给予学生深深的熏陶与感染，莫谓学生不爱学语文，只怪自己课堂感染力和个人魅力不够。

语文老师的才情不仅仅体现在课堂上，还应当体现在发表文章上。想想看，当学生们在一份份报刊上看到语文老师的大名，读到了语文老师的大作，那应当是怎样的心态和表情？羡慕、佩服、仰望、跟进等种种思想感情也许瞬间都会产生。老师的才情、风采、神气、气场等也许因一份份的报刊就能让自己的学生佩服得五体投地、心生向往。

语文老师的才情还应当体现在积极参与各种社会活动上。由于语文学科学习见效慢、需要长期积累，现在找语文老师补课的学生家长很少，一般稍有名气的数、理、化、英语老师等经常趾高气扬的，屁股后面跟了一大批学生家长。然而，语文老师也并非无所作为，不必相形见绌，有才情的语文老师只要善于展示，也许就是各种演讲赛上的佼佼者、写作大赛的获奖者。当然，提起这些并非有其他意思，仅仅是在倡导语文老师要富有才情，敢于展示自己，敢于亮出自己的能力，让语文这一门学科发扬光大。

有才情的语文老师当如一把寒光闪闪的宝剑，语言笔锋里就闪烁着夺人的光芒与情采；有才情的语文老师当如一轮灿烂的旭日，有着耀眼的光芒和无与伦比的才华；有才情的语文老师当如黄山峭壁上一棵耀眼的迎客松，遗世独立而卓然不群；有才情的语文老师应当有自己的教育思想，有自己鲜明生动、容易辨识的文采；有才情的语文老师应当敢于坐而论道，像诸子百家那样独当一面，独创一家；有才情的语文老师应当著书立说，四处讲学，扩大个人的影响，形成自己独特的风格。

因为语文老师的富有才情，不仅照亮了自己，也照亮了语文，照亮了学生。积极努力，去做一名富有才情的语文老师吧！

提高现代文阅读和写作成绩的金钥匙

郭军平作品
阅读试题详析详解

游司马祠

①行走在韩城，庙宇楼阁、行宫故居，历史古迹众多，苍松古柏也散发着古朴典雅的气息，耐人寻味，而我总以为，它的厚重源于司马迁。但凡来韩城的人，是绝不会错过游司马祠的。

②从韩城芝川镇向东，沿着一条宽阔明亮的柏油大道向前走，越过两边民居，眼前豁然一亮，放眼南望，一座高山巍峨耸立，上面翠柏茂松、郁郁葱葱，若隐若伏的祠宇躺在翠柏的环抱之中。

③走过芝秀古桥，一座高大的砖木牌坊映入眼帘，遒劲有力的“汉太史司马祠”六个大字熠熠生辉。踩着青石铺砌的进山之路，踏上十几级台阶，便是正门，门匾上一行隶书“汉太史司

马迁祠墓”，字体格调清雅，气息高华。进入大门，青石铺砌的小径，迤逦蛇行，直通山顶。道旁青松挺拔，耸入苍穹，松间的山雀清脆的鸣叫衬出山上的静谧。

④登上小坡，眼前顿然开阔，一座宏大的祠堂横亘眼前，走近细瞧，上有“汉草书司马迁格言警句展室”的门匾，房檐周围红漆剥落，斑斑驳驳，显示出风雨沧桑。进入宽敞的展厅内，一座座散发着笔墨清香的石碑赫然入目。环视碑石，兀然林立，但见书体或雄浑奔放，气吞万里；或风行雨散，润色生花；或大鹏抟风，长鲸喷浪；或悬崖坠石，惊电遗光。多少文人墨客在这里留下了自己的行迹，留下了那一分对史圣的留恋和敬仰。回想“网罗天下放失旧闻，略考之行事，综其终始，稽其成败兴坏之记……凡百三十篇。亦欲以究天人之际，通古今之变，成一家之言”的太史公，哪里会想到身后的荣耀和高贵？苍苍莽莽的梁山啊，滔滔不息的黄河啊，孕育了这样一位惊世奇才！

⑤走过“高山仰止”的砖木牌坊，极目仰望，巍峨庄严的司马祠卓然屹立于韩奕坡上，松柏环抱，一片苍翠，踩上凹凸不平的石道，沿着千百年来仰慕者攀登的足迹，经“朝神道”踏上攀登祠墓的石级，石级共九十九级，犹如一条长龙，蜿蜒伸向山顶。拾级而上，但觉山势峭拔，眼界开阔；回望身后，但见黄河远去，川塬如画。这超越了人世万物、独居一山的巍峨祠堂啊，伫立在时间的年轮里，默默地向人们倾诉着什么！

⑥饱经风雨剥蚀的“河山之阳”巍然耸立，过此，再上九级台阶，便是被韩城人民誉为“太史高坟”的司马祠。走进祠堂，但见“祠宇堂堂，坊榜将将”，院中古柏参天，花木竞秀，松间鸟鸣啾啾，一片幽静。“史圣千秋”四个大字赫然入目，两

旁楹联“刚直不阿留得正气凌霄汉，幽而发愤著成信史照尘寰”给人留下深刻的印象。殿中司马迁坐像，长须飘拂，双目炯炯，刚毅凛然，显示出不凡的抱负和胸怀。殿中碑石林立，多是后人对他的缅怀和评价，其中尤以郭沫若的诗评最佳，诗云：“龙门有灵秀，钟毓人中龙。学殖空前富，文章旷代雄。怜才膺斧钺，吐气作霓虹。功业追尼父，千秋太史公。”这首诗高度评价了司马迁一生的功绩。看到这儿，我不禁想起了鲁迅对《史记》的高度评价——“史家之绝唱，无韵之离骚”。

⑦ 司马迁墓由青砖镶砌，上嵌有八卦砖雕，据传为元世祖忽必烈敕命建造。墓顶有一株千年古柏，苍劲盘桓，如巨掌撑天。柏上鸣雀跳跃，叫声凄凉，似在叹惋那一段凄美的历史。墓旁也是古柏环绕，浓荫蔽空。在千年古柏的近旁，卓然玉立着一株青翠的柏树，与这株千年古柏相映成趣。随后，我有幸看到了唐代著名书法家褚遂良撰写的《梦碑》一文：永徽二年九月，余刺同州，夜静坐于西厅。若有若无，犹梦犹醒，见一女子高髻盛妆，泣渭余曰：“妾汉太史司马迁之侍妾也，赵之平原人，姓随名清娱。年十七事迁，因迁周游名山，携妾至此。会迁有事去京，妾缟居于同，后迁故，妾亦忧伤，寻故，葬于长乐亭之西。天帝悯妾未尽天年，遂司此土。代异时移，谁为我知？血食何所？君亦将主其地，不揣人神之隔，乞一言铭墓，以垂不朽。余感寤铭之。铭曰：‘嗟尔淑女，不世之姿。事彼君子，弗终厥志。百千亿年，血食于斯。’”可惜，如此珍贵的碑拓却没有流传，这段凄美的《梦碑》故事却把人们的神思带到了那悠远的时空，让人们为那位矢志不渝的女子洒一掬同情之泪，更为太史公那牺牲许多的悲剧人生而叹惋怜惜。我不由得把那株奇异的柏树

与《梦碑》故事联系起来，莫非是随清娱精诚所至，感而有灵？鉴于此，故随行赋诗一首以示纪念：

苍苍梁山，郁郁翠柏。

史公之祠，高兮传兮。

悠悠居水，凄凄嘤鸣，

清娱之志，感而有灵。

⑧ 我们一行下山，已是夕阳西下，眺望身后，已是一片苍翠和辉煌。

1. 根据作者的游踪，请在下面的括号内填上主要景点的名称。

正门→（　　　）→“高山仰止”→“河山之阳”→（　　　）→（　　　）

2. 文中描写墓顶的千年古柏有什么作用？

3. 结合全文，谈谈你对“功业追尼父，千秋太史公”这两句诗的理解。

4. 阅读文中画线的句子，请赏析它的语言表达效果。

5. 有人说“厚重”一词是本文文眼，请谈谈你的观点和理由。

参考答案：

1. 展室、司马祠、司马迁墓。

2. 渲染了司马祠庄严、静谧、肃穆的氛围，象征着司马迁刚毅凛然、坚忍不拔的精神品质，表达了作者对司马迁的敬仰之情。

3. 司马迁的丰功伟绩可以和孔子相提并论，千秋万代、名垂青史。这两句诗是对司马迁的高度评价与赞美，他刚正不阿，忍辱含羞，发愤著书——他的《史记》通古今之变，文史兼美，流传千古！

4. 用词形象新颖，化抽象为具体，极富表现力。运用了排比、比喻、夸张的修辞手法，句式整齐，节奏感强，增强了文章的气势，生动表现了书体形态多变、风格各异的特点。

5.【示例一】我认为“厚重”是文眼，是因为文章主要写了司马迁的人品和作品对人们的深厚影响，同时历代文人墨客留下的笔墨又丰厚了这里的文化积淀。

【示例二】我认为“厚重”不是文眼，因为这篇游记重在写游览过程，表现作者对司马迁的敬仰赞美之情，而不是韩城的“厚重”。

黄河滩，我遥远的故乡

①黄河滩，我遥远的故乡。

②我的血脉里流淌着黄河的血液，我情感的浪潮里涌动着黄河的浪花。我是黄河滩人吗？黄河滩是我的故乡吗？是的，毫无疑问，虽然我出生在渭北高原一个古老的县城里，但是我的父母、我的祖父母、我的外祖父母却都实实在在是在黄河滩成长、生活过的。他们的家原本就在黄河滩上，他们毫无疑问是黄河滩人。黄河滩人的生活习俗、生活方式已经像泥胎上的刻花一样烙在他们的思想里、行为里，即使生活再如何变化，这种已形成的生活习俗和生活方式大致还是难以改变的。自然，我受他们的影响很深。

③孩童时期，小伙伴们都开玩笑地说“你们是黄河滩人”。

看来，小孩子的观念，也深受他们父母的言语观念影响，不然，他们怎么知道“我们是黄河滩人”？别说小孩子们的说法引起了我的思考，就是我们的父母、祖父母的话题里也经常离不了“黄河滩”。黄河滩，我遥远的故乡，打小，就这样深深地印在了我的脑海里。

④黄河滩是什么样儿的？自小我就产生了这样的好奇心。后来在我上小学四年级的时候，村子里开了一个会，晚上父母回来，就在商量下不下滩里的事儿。由于对黄河滩抱有极强的好奇心，也因为打心眼里憧憬黄河，当时我幼小的心灵里还有一点下滩的愿望。白天大人们讨论的话题也被我和小伙伴们延续着，大家似乎都要做着分别的准备了。村子里黄河滩的家户不少，都集中在村子的东头，足有八九户，由于地缘的关系，从小在我的印象里，这些家户彼此间就走得很近，我们也与这里的乡亲们相处得非常融洽。我们买的窑洞的前主人也是黄河滩人，人已经先我们下滩去了。当时我都以为父母可能要做出决定下滩了，后来，还是没有下滩。因为我们村子里的移民还没有一家决定下滩。大家都没做这个决定。然而，不久之后，我就听说了姑姑全家下滩的事。

⑤“黄河滩里收入高，地好做，都是沙土地，一年两料，但是人辛苦，活儿多。”老人们常这么说。其时已经是包产到户五六年以后的事儿了，这几年的日子，风调雨顺的，即便是渭北旱塬，实行包产到户以后，家家户户的日子也都好过了起来，不像那几年经常吃不上麦面馍。由于这个原因，所以大家下滩的热情并不高。不是有句古语“搬家三年穷”嘛！习惯于稳定生活的乡亲们最后还是决定不下滩。经过这一次的变故，我心底上回黄

河滩的愿望也就永远地被埋葬了。美丽的黄河滩，成了我遥远的故乡，我再也不可能回去了。然而，由于对文学的喜爱，文学意义上的黄河时不时地在我的心头涌起。有时，我都在默默自嘲：我是黄河的儿女，我的心头涌动着黄河的浪潮。是啊，黄河，这条文学的大河，一直让我崇拜而又敬仰。每每朗诵着李白“君不见黄河之水天上来，奔流到海不复回”的诗句，我就为曾是黄河边上的子民而骄傲。大概也是因为心灵深处想寻求一种文学的图腾，而祈求黄河给予自己一分灵感。是啊，每每在思维枯竭、灵感迟迟不来之际，我就想起了奔腾的黄河水，内心的豪迈感油然而生。枯竭的思维仿佛又重新获得了灵感，笔下顿时汩汩滔滔起来。

⑥ 孩童时即有到黄河滩看一看的愿望，想象中黄河滩一定是一个广袤千里、平原如砥的好地方。在那里，一条美丽的大河环绕而过。北望，浩浩荡荡看不到边际；南望，也是平沙莽莽，一片苍茫。后来，有了一次下滩的机会，心情自然很激动。车子在起伏不定的山路上绕来绕去，突然转了一个弯，就到了一望无垠的千里平原，司机告诉我，这就是黄河滩。这简直是另一个世界，平平坦坦的原野看不到尽头，路边是一垄又一垄整齐的农田。我惊呆了，我从没有见过这样平整的土地，这样辽阔的土地，简直可以和草原媲美。我们来到村子里，水泥打的路面，十分洁净；整齐的农家小院，一户挨着一户；红墙蓝瓦式的两层门楼式住房，显示着人们生活的富足。我拜访了多年不见的“耍小”建平。他家的院子里堆满了苞谷，玉米棒子到处都是。建平的日子过得很不错，家中农用车、脱粒机等现代农业机器全都有，是典型的农业现代化的体现。黄河滩是一个“鱼米之乡”的富庶之地。建平说：“每年农忙之时，黄河滩上都有民工来摘棉

花、挖花生。我们家人手少，地又多，每年都要雇佣民工。”我说我想看看黄河，建平把我带出家门，走到村头，指着东方说：“这儿离黄河还有十多里，要去，得骑摩托车去，就看你有没有时间。”估摸着时间不够，我把这个打算取消了。黄河虽然没有看到，但是黄河滩总算是见到了，这多多少少也满足了我的一点愿望。

⑦ 一次从洛阳回来的路上，车子过了陕县，透过车窗，我突然看到了一道美丽的风景：在一道黄河湾处，白鹭纷飞，林木茂密，黄河水在阳光的照耀下闪闪发光。有人说，这是黄河自然风景保护区。多么幽美的境地啊！黄河，在人们的精心保护下真是变得越来越美了。我向往黄河，我向往黄河滩。黄河滩，我遥远的故乡。

1. 作者为什么说黄河滩是“我遥远的故乡”？

2. 阅读第四段至第五段，简要说说乡亲们为什么决定不下滩。

3. 最终，作者终于见到了黄河滩，黄河滩给作者留下了哪些印象？

4. 第六段作者提到“要小”建平有什么作用？

5. 第七段主要抒发了作者什么样的感情？

参考答案：

1.（1）“我”的父母、“我”的祖父母、“我”的外祖父母却都实实在在在黄河滩成长、生活过，他们的家原本就在黄河滩上，所以说黄河滩是“我”的故乡。（2）父母决定不下滩，“我”永远无法回到黄河滩，所以黄河滩成了“我遥远的故乡”。

2.（1）村子里来自黄河滩的家户与原住户的乡亲们相处得非常融洽；（2）村子里的移民还没有一家决定下滩；（3）实行包产到户以后，家家户户的日子都好过了起来，大家下滩的热情并不高；（4）古语道“搬家三年穷”，习惯于稳定生活的乡亲们最后还是决定不下滩。

3.（1）土地平整辽阔，可与草原媲美；（2）是一个“鱼米之乡”的富庶之地；（3）风景秀丽。

4. 通过对“要小”建平富足生活的介绍，从侧面反映了黄河滩村民生活的富足和现代化的美好生活。

5. 抒发了作者对黄河滩深厚的热爱之情和对黄河滩美丽风景的向往和赞扬，更是对人民美好生活的赞颂。

走笔黄陵

① 到得黄陵，翻阅书籍，方知黄陵原名中部县，因黄帝陵在此，更名为黄陵县。黄陵县是历史文化名城，这里流传着中国最古老的关于黄帝的神话传说，这里是中华文明的发祥之地。

② 历代题咏黄帝陵的诗文很多，留传的碑刻书法作品也不少。带着仰读之意，我破费买下了两本颇有价值的书籍：《历代题咏黄陵诗选》《黄帝陵碑刻书法精选》。

③ 打开书籍，一行行优美的诗句流入心田，给人以无穷的思想教益；一幅幅笔墨飘香的书法作品，字迹遒劲有力。我们是龙的传人，我们是炎黄子孙。文人们在诗句里吟唱，书法家们在

腕下挥毫泼墨。无论是政治领袖，还是文坛骄子，抑或书界精英，他们无不带着虔诚之意表达着对人文始祖的敬仰和怀念。

④ 和大家一样，我也是从山麓九十五级台阶开始攀登。台阶的数字寓意鲜明，意为“九五之尊”。这当然是后来人们的设计，包括轩辕桥前的嵌地石块，据说是五千块，象征着五千年的中华文明。冬日里山寒水瘦，万物萧条，因而来这里的游人稀少，但也少了清明时节万人攒动、钟鼓齐鸣、锣鼓喧天的嘈杂。如果说清明祭祖是一种隆重的仪式，那么在清明时节之外的任何祭拜都是发自内心的一种民族情愫。途中遇到一位来自黑龙江的游客，她从遥远的鸡西市来到西安参加一次会议，但心中也不忘到黄陵来拜祭一下老祖先。她虔诚的话语、热情的神态，强烈地感染了我。

⑤ 轩辕庙前一棵巨大的黄帝手植柏，强烈地吸引着来自四面八方的游客。我也被它深深地吸引住了。是啊，粗大的树干，足有几人之抱；裸露的茎，经五千年的风雨洗礼，变得更加苍劲挺拔，直耸云天。虽是严冬时节，但仍时时飞来祥鸟，在它那如虬龙一样的枝条上栖息、鸣叫，仿佛在歌颂着五千年的文明、讲述着五千年的沧桑历史。虽是隆冬，但它那枝叶依然苍劲的树冠仍然彰显着它强大的生命力，象征着古老的中华民族生生不息的自强精神。面对这棵巨柏，何人不起敬仰之情？何人不起凭吊之情？

⑥ 为此，我不由想起几首咏柏诗：“龙柏势腾天，春辉瑞气暄。根盘丰地脉，叶展蔚霞烟。四序贞常翠，千秋春永贤。轩辕亲手植，荫福惠人间。”（《黄陵古柏》徐志诚）“抱弓无计挽轩皇，龙去犹留古柏苍。撼雨鏖霜五千载，沧桑历尽不渝香。”（《瞻仰轩辕柏》罗立洲）除此之外，还有著名红军将领肖华写

的《赞黄帝手植柏》："七搂八拃半，巍哉柏之冠。世传远祖植，悠悠五千年。钢枝挺硬骨，铁甲抵严寒。霹雳难摧志，风高无媚颜。阅尽兴衰事，从容向长天。神州衍斯种，世代泽绵绵。"

⑦ 人们除了写诗赞颂，还以书法、绘画等形式来表达对这棵古柏的敬仰之情。在轩辕庙展室，我有幸欣赏到这些书法、绘画艺术作品。我都虔诚地把它们一一拍摄下来，以示纪念。这棵古柏，穿越千年的岁月，至今仍然生命长青，气势不倒，好似传达着一种信念，那就是"天行健，君子以自强不息；地势坤，君子以厚德载物"。是啊，这声音，穿越先祖遥远的时空，直奔当今每一个炎黄子孙的耳畔。

⑧ 轩辕庙前印池公园右边矗立着一座高大的鼎。这座鼎据说是由神七的碎片和镍铜合铸而成，高大雄伟的鼎台，衬托得它愈加雄伟，气势非凡。想起昔日黄帝铸鼎奠定天下的热烈场面，再看今人继承余脉发射神七，鼎立天下的宏伟蓝图，不能不为今日民族之伟业而骄傲自豪！

1. 作者游览黄陵，获得了哪些认识和感悟？

2. 游览黄帝陵可写的东西应该很多，但是作者却仅仅重点写了黄帝手植柏和印池公园旁边一座高大的鼎，有何深意？

3. 文章第五段"面对这棵巨柏，何人不起敬仰之情？何人不起凭吊之情？"在文中起了什么作用？具体说明。

4. 著名红军将领肖华写的《赞黄帝手植柏》："七搂八拃半，巍哉柏之冠。世传远祖植，悠悠五千年。钢枝挺硬骨，铁甲抵严寒。霹雳难摧志，风高无媚颜。阅尽兴衰事，从容向长天。神州衍斯种，世代泽绵绵。"与作者的游览观察很有相似之处，请具体说明有哪些相似之处？

参考答案：

1. 方知黄陵原名中部县，因黄帝陵在此，更名为黄陵县；黄陵县是历史文化名城，这里是中华文明的发祥之地；看今人继承余脉发射神七，鼎立天下的宏伟蓝图，不能不为今日民族之伟业而骄傲自豪！

2. 黄帝手植柏是中华民族五千年文明的象征，代表着五千年的沧桑历史，是中华民族自强不息的象征；印池公园的鼎象征着中华民族鼎立天下的伟业，象征着五千年文明古国的生生不息，代代图强。

3. 起承上启下，即总结上文，引起下文的作用。这一句是作者对黄帝手植柏生动描写之后的概括，是作者感情的升华，也是作者感情的逐步深化，为下文引出诗人歌颂、画家赞叹做铺垫，更为作者感情升华打下坚实基础。

4. 时间相似：“虽是隆冬，但它那枝叶依然苍劲的树冠仍然彰显着它强大的生命力……”与“钢枝挺硬骨，铁甲抵严寒。霹雳难摧志，风高无媚颜”；描写相似：“是啊，粗大的树干，足有几人之抱……”与“七搂八拃半，巍哉柏之冠”；思想感情相似：“这棵古柏，真是穿越千年的岁月，至今仍然生命长青……”与“神州衍斯种，世代泽绵绵。”

青花瓷

①“天青色等烟雨，而我在等你；月色被打捞起，晕开了

结局，如传世的青花瓷，自顾自美丽。”一首哀婉的情诗把青花瓷也衬托得富有情味。

② 正如传说中哀婉动人的爱情故事一样，青花瓷的诞生不也是要等一番烟雨的天气，就如天与地的奇崛相恋一样，才会产生这样奇绝的美丽精灵吗？

③ 我喜欢青花瓷，主要是喜欢青花瓷氤氲出的一种淡淡的氛围。青花，自有一种素朴淡雅之味，不像红色那样浓艳，也不像黑色那样冷酷；青花，是一种摒弃了其他颜色之弊而具有其他颜色之长的一种美。它，淡雅如兰，富蕴清香，就如一枝出淤泥而不染的莲花一样，散发出永恒的魅力。

④ 何时喜欢上青花瓷，连我也不知道，只是我眼前就这样晃动着一个青花瓷的美丽身影。我不是什么陶瓷专家，也不是经营陶瓷的商人，更不算陶瓷的业余爱好者，我只是一个喜欢古典诗文的书生，一个古典韵味的痴迷者。

⑤ 装修房子时，妻拿来了一个装修图案，让我挑选，在众多的图案中我不知怎么就挑选上了它。兴许是它淡雅如水的风格，兴许是它上面配的一首精致哀婉的诗——“天青色等烟雨，而我在等你；月色被打捞起，晕开了结局，如传世的青花瓷，自顾自美丽”。

⑥ 我是一个钟情诗歌的书生，少年时喜欢读诗养成的嗜好让我对诗歌有一种特别的情结。也许是诗歌的魅力，也许是它那淡雅的风格，也许是它那一种浅蓝浅蓝的色调，我就这样凭着直觉选中了它。这样我的家里也就有了一种诗文的味道，一种淡雅的气息。

⑦ 每次打开房门，映入眼帘的青花瓶的图案装饰显得特别

舒心养眼。我常常会驻足静静地品味着那一首蕴含深意的诗句，“天青色等烟雨”，后来才知道青花瓷是要等待一场江南的烟雨天气才好烧制的精灵，这样对青花瓷就越发喜爱，因为青花瓷毕竟不是一般的瓷器，而是有着灵性的精灵。

⑧ 青花瓷细腻、优雅、精致的品格常常让我想起多水的江南，想起了一弯拱桥，想起了多雨的梅雨季节。于是，在桥头上就多了一位身着白底浅蓝花旗袍的女子，那可是青花瓷幻化的女子，优雅、素洁、含蓄、不张扬的美尽在那一瞬间。

⑨ 后来由于偶然的原因，我看到了一篇题名为《青花瓷》的文章，感觉非常投合。是啊，青花瓷本身就是独具魅力的灵性之物，在烟雨氤氲之季节，在窑工们耐心等待的日日夜夜里，那一种釉色的着调不也是要有一场不期而遇的约定吗？在这苦苦的等待中，这神奇的传说中的青花瓷不就是天籁一样的产物吗？而人间那些真正的大美不也就是在苦苦的等待中产生的吗？

⑩ 美丽的青花瓷，让人着迷的青花瓷，能不让人爱恋吗？就如爱恋“天青色等烟雨，而我在等你；月色被打捞起，晕开了结局，如传世的青花瓷，自顾自美丽”一样。

1．作者为什么喜欢青花瓷？

2．“天青色等烟雨，而我在等你；月色被打捞起，晕开了结局，如传世的青花瓷，自顾自美丽”这一句诗在文中出现了几次，分别起到了什么作用？

3．文中的“青花瓷”象征什么？

4．本文语言富于诗情，耐人品味，试就本文的语言表达特点谈谈你的看法。

参考答案：

1．喜欢青花瓷氤氲出的一种淡淡的氛围；喜欢古典诗文，喜欢古典韵味；青花瓷有着灵性，具有优雅、素洁、含蓄、不张扬的美。

2．出现了四次，是作者行文的情感线索。第一次出现奠定了作者对青花瓷爱恋的感情基调，起到了引起下文的作用；第二次出现是说明作者初次喜欢上青花瓷的原因；第三次出现说明了作者逐渐加深与青花瓷感情的原因；第四次是照应开头，加深咏叹。

3．象征爱情：青花瓷的诞生需要等一番烟雨的天气，如天与地的奇崛相恋，才会产生这样奇绝的美丽精灵；象征人世间的大美：创造需要耐心、等待机遇等。

4．本文善于引用诗句，营造诗意氛围，如“天青色等烟雨……”一句反复出现，形成一种回环咏唱的感情氛围，增强了抒情性；善于运用比喻，把枯燥的事物生动化了，如作者把青花瓷比作一位美丽动人的江南旗袍女子，称为“天与地相恋的产物”；善用反问、排比句，如第二段一连串的反问和排比句自然增强了文章的感情，使文章更具诗情。

戏说“对手”

①人皆以有对手为忧，而我以有对手为喜；人皆以无对手为喜，而我以无对手为忧。人没有对手，就如鹿群里没有了狼，鹿的数量不仅没有增加，反而大大减少。

②狼的存在增加了鹿群的危机意识，鹿群反而健步如飞，

奔跑速度不减，生命活力不衰；而没有了狼，鹿群悠游自在，放松了警惕，减缓了奔跑的速度，体重增加，活力衰退，于是数量大大减少。对于鹿群来说，有对手应该是福，无对手应该是祸。

③ 对于人而言，其实道理一样，没有狼一样的对手，人也会像鹿群一样，生命活力大大衰减，危机渐渐迫近。李白有一首诗讽咏道：“越王勾践破吴归，战士还家尽锦衣。宫女如花满春殿，如今只有鹧鸪飞。”这首诗尖锐地指出了越王勾践打败对手以后，逐渐丧失警惕，最后也同样落得和吴王一样下场的悲剧。想那勾践卧薪尝胆之时，强敌林立，虎视眈眈，他哪里敢放松警惕！为了发愤图强，他只好过着比普通百姓还艰苦的生活，卧柴薪，尝苦胆。正是强大的对手，使得勾践励精图治，发愤图强，在二十年后一举消灭吴国。孟子讲：“生于忧患，死于安乐。”“入则无法家拂士，出则无敌国外患者，国恒亡。”其实就是对于历史经验的高度概括。

④ 道家讲，相反者相成也，阳盛者阴以抑之，阴盛者阳以提之。阴和阳，本身就是一组矛盾，然而正是因为矛盾对立的双方才有了矛盾双方的互生。倘若无阴，也就不会有阳；同样，倘若无阳，阴也就不会存在了。阴和阳的存在，恰如两个狭路相逢的对手一样，任何一方的消失都会导致另一方的灭亡。因此，有对手是福，无对手是祸。

⑤ 既然如此，那么在生活中，为了激励自己不断奋斗，不妨找来几个对手，磨炼磨炼自己，以防止自己也像那些失去了狼的鹿群一样，渐渐地衰弱下去。这样看来，对于对手，我们也要学会欣赏，欣赏对手的才华，欣赏对手的能力。假如我们的对手才华越好，能力越强，岂不越是一步步提高历练自己的机会吗？

⑥ 记得三国中周瑜意气风发，才华横溢，可是，在遇上诸葛亮这样高明的对手时，他何尝不是心中佩服，绞尽脑汁使用计谋？即使在遇到挫败时，他也会感慨地说："既生瑜，何生亮？"国共内战时，蒋介石何尝不是对对手毛泽东的才华欣赏有加，毛泽东的《论持久战》，蒋介石更是给部队将官人手一册，作为学习的教材。欣赏对手是不断地学习和历练，也是自己不断超越自我的必要激励。

⑦ 拥有对手的人生应该是精彩的，而没有对手的人生也许就是灰暗的。庞涓和孙膑，刘邦和项羽，鲁迅和他的敌手们，倘若去掉了任何一方，也许另一方生命的光彩就要打折。

⑧ 没有对手，人生是多么暗淡；而有了对手，人生就有了精彩的可能。拥有对手，不是祸而是福。无论怎样的风雨也不会让你的宝剑生锈、腐烂，因为在它的身边，时时有一块磨砺它的磨刀石。

1. 阅读全文，请简要概括作者的主要观点。

2. 文章第三段列举越王勾践的例子有什么作用？

3. 文章第七段加点的"也许"能否删掉？为什么？

4. 联系全文来看，第八段加点的"宝剑"和"磨刀石"各指什么？

5. 联系生活实际，结合对本文的阅读感悟，请谈谈我们应该如何对待对手，并说出理由。

参考答案：

1. 有对手是福，无对手是祸。

2. 用举例论证和对比论证，举勾践因有对手而兴，无对手而衰的例子，并将两者进行对比，具体、鲜明、有力地论证了对手对于人的重要意义，进而证明了中心论点。

3. 不能。“也许”是“大概”“可能”之意，表示推测，表明没有对手人生会变得灰暗只是一种可能的情况，并非绝对如此，使论证更加严密，避免了绝对化。

4. “宝剑”指自己的能力、才华、抱负等；“磨刀石”指对手。

5. 应该欣赏对手。理由：因为欣赏对手既可以学习对手的长处以历练自己，又能激励自己不断地进步和超越自我。联系生活实际进行分析。

试题分析：

1. 找文章的中心论点，我们可以从以下五个方面考虑：（1）文章标题点明中心论点；（2）文章开头提出中心论点；（3）文章结尾归纳出中心论点；（4）文章中间用某个承上启下的句子提出中心论点；（5）文章没有直接提出中心论点，但始终围绕某事展开论述。由此，可以根据文章的开头和结尾概括出主要观点是：有对手是福，无对手是祸。

2. 常用的论证方法有：举例论证、道理论证、比喻论证、对比论证。分析论证方法的作用，语言表述为：（1）举例论证：举出……的事例，具体有力地论证了……的观点；（2）道理论证：引用……的名言或格言、俗语等，充分有力地论证了……的观点，增强文章的说服力；（3）对比论证：从正反两个方面进行论述，突出地论证了……的观点；（4）比喻论证：以事喻理，形象生动地论证了……的观点，使论证浅显易懂，易被接受。有时一段文字中不止一种论证方法，答题时要找全。文章第三段列举越王勾践的例子，运用举例论证和对比论证，举勾践因有对手而兴，无对手而衰的例子，并将两者进行对比，具体、鲜明、有力地论证了对手对于人的重要意义，进而证明了中心论点。

3．面对这种题目，要先把加点词语的本义与在文中的意思解释一下，然后结合具体语境，分析其在文中的作用，如果删去又会如何，才能确保不丢分。文章第七段加点的“也许”不能去掉。“也许”是“大概”“可能”之意，表示推测，表明没有对手人生会变得灰暗只是一种可能的情况，并非绝对如此，使论证更加严密，避免了绝对化。

4．面对这种题目，要结合词语的本义和文章要论述的观点，来判断加点词语在文中的意义。联系全文来看，第八段加点的“宝剑”指自己的能力、才华、抱负等，“磨刀石”指对手。

5．首先要回答题目中的问题，然后再从文章内容入手，谈自己的一些看法，最好是积极健康向上的。联系生活实际，结合对本文的阅读感悟，我们应该这样对待对手：欣赏对手，理由是欣赏对手既可以学习对手的长处以历练自己，又能激励自己不断地进步和超越自我。考生也要联系生活实际进行分析，只有这样才能有充足的理由来证明自己的观点。

保持一颗平静的心

①人世浮躁，追名逐利；人事复杂，沉浮升降；人生不易，摸爬滚打；人生滋味，酸甜苦辣；人生苦短，譬如朝露；人生不满百，常怀千岁忧。唉，关于人生的感慨千千万万，万万千千。总之，人生不如意事十之八九。既然活着不易，那么还是看开

点，千万别跟自己过不去。要想不跟自己过不去，最好还是保持一颗平静的心。

②保持一颗平静的心，首先要能够控制住自己的情绪。须知情绪是一把双刃剑，既伤别人，也伤自己。人吃五谷，生六病，到这个世界上走一遭，几乎没有不生病的。而探究生病的根源，无非是五劳七伤，七情六欲。所以，大凡遇到什么事，想开点，看远点，心平气和的，想想解决的办法，而不是空发牢骚，独生闷气。如发怒，那岂不是在自己的心田上开启电闪雷鸣，搅动体内的江河湖海，翻波滚浪，喑呜叱咤吗？想想，这样于身体又有何益？俗话说，怒伤肝。肝气伤则气血涌动，轻则伤己，重则伤人。于己于人又有何好处？忧愁，那岂不是在自己的体内兴云布雨，兴风作浪，让云遮雾罩，徒害自己是何苦？俗话说，思伤脾。伤脾则茶饭不思，滴水不进，即使山珍海味，也食之无味。而这又是何苦呢？若能够想开，明白喜怒哀乐终究只是和自己过不去，是自己在折自己的寿，那么，还要那样的情绪干什么？

③保持一颗平静的心，还要站得高，看得远，要做到宠辱不惊，得失不惧。人之心不平静，大多因为患得患失，瞻前顾后，拿得起，放不下。因为在人生这一盘棋上，从来没有常胜将军。要相信所有被赞誉的花都经过风雨吹打，霜雪磨炼，正如菊花凌寒开放，梅花雪中吐蕊，玫瑰在荆棘中开放。不平易是人生的常态，人生本就多愁多苦，千磨万击，激流涌动，险滩暗布，哪一位成圣成贤之人没有经历过千锤百炼的摔打。所以，得之，不要喜；失之，不要忧。得之，就认为这是侥幸，不要把自己看得了不起。俗话说，“山外有山，人外有人”“莫道自己强，强中更有强中手”，正如“螳螂捕蝉，黄雀在后”所形容。失之，那

是自己还不够好，或者它本身就与自己无缘，所以轻轻一笑潇洒转身，该干什么还干什么。抬起头，天清云淡，花好月圆。

④ 保持一颗平静心，还要保持一颗山林野叟的平常心。茫茫宇宙，滚滚红尘，每个人都不过是宇宙中的一颗微粒。故苏子曰“哀吾生之须臾，羡长江之无穷”；李白称“人生在世不称意，明朝散发弄扁舟”。所以凡事要想得开，要拿得起，放得下。要想想活一天是一天的乐趣，而不要整天愁眉苦脸，活一天活得不自在，不快乐，把日子活成了苦趣，你说这难道不是人生的最大悲哀？须知，人生短暂，愁出个什么毛病，还不是落到了自己身上。如能每天醒来，想想自己的脑袋还在，还被两个肩膀扛着，这岂不是最大的幸福？人生千金万银，生带不来，死带不去。人赤条条来，赤条条去，何必万事想不开？须知“儿女自有儿女福，父母何必当牛马？”俗话说：“子若强于我，要钱做什么？子若不如我，留钱做什么？”孔夫子言：“四十而不惑，五十而知天命，六十而耳顺，七十而从心所欲不逾矩。”“四十五十而无闻焉，斯亦不足畏也已！”人生苦短，做人做事不易，成与败，有些就是命中注定，只要自己尽了心，尽了力，想起无悔就行，何必求得青史留名？更何况大浪淘沙，长江后浪推前浪，芳林新叶催旧叶，一代更比一代强。因此，达观点，凡事想开，不要把自己想的了不起，其实自己不过就是宇宙中的一颗微尘而已。即使明天没了你自己，地球也照样运转，奥巴马下台了，风平浪静，地球安宁。走了一个美国总统，还会有另一个美国总统，反正天下不缺的是当官的人才。想开了，走出屋去，看到天高云淡，望断南飞雁。春正好，江山正好，何不趁此踏青去？

⑤ 故保持一颗平静心，与年龄无关，与成败无关，只与是

否拥有博大乐观的心灵有关。

1．阅读全文，请简要概括作者的主要观点，并说明作者是如何提出这一观点的。

2．作者认为怎样才能做到保持一颗平静的心？

3．文章在论证观点上都采用了哪些说理方法？请简要说明。

4．本文作者在语言表述方面有独到之处，试举例说明作者的语言风格。

5．联系生活实际，结合对本文的阅读感悟，请谈谈我们应该如何保持一颗平静的心，并说出理由。

参考答案：

1．要想不跟自己过不去，最好还是保持一颗平静的心。文章开头采用层层铺垫的方式，对比引出这一观点。

2．首先要能够控制住自己的情绪；还要站得高，看得远，要做到宠辱不惊，得失不惧；还要保持一颗山林野叟的平常心；保持一颗平静心，与年龄无关，与成败无关，只与是否拥有博大乐观的心灵有关。

3．举例论证，如举发怒和忧愁两个例子说明不良情绪对身体的危害；比喻论证，如要相信所有被赞誉的花都经过风雨吹打，霜雪磨炼，正如菊花凌寒开放，梅花雪中吐蕊，玫瑰在荆棘中开放，说明不平易是人生的常态；道理论证，如引用俗语和孔子名言论证说明保持平常心的重要性。

4．形象生动、幽默风趣、富有文采，如不要把自己想的了不起，其实自己不过就是宇宙中的一颗微尘而已。即使明天没了你自己，地球也照样运转，奥巴马下台了，风平浪静，地球安宁。走了一个美国总统，还会有另一个美国总统，反正天下不缺的是当官的人才。

5. 要拥有博大乐观的心灵，拿得起，放得下，不要看重名利、得失。要联系生活具体谈。

诗意风雨亭

① 对于亭子，无论是路边、山上、河边、公园里的，还是伫立在文学作品里的，我都充满了敬意。这种敬意，深刻地剖析，是源于对文学的喜爱。在中国的文学作品里，亭子是一种特别的文化意象。我想大凡对文学敏感的人，对于亭子不会不产生一种特别的情愫，不会不产生一种诗意的联想。

② 单说“亭”这个字，它的外形就具有一定的形象性。提到它，也许你脑海里会立即浮现出一座飞檐翘角、八面临风、玲珑精致的古典精品建筑。它也许依山傍水，也许四面临湖，也许高踞楼台，总之，亭子的存在总是会激起你很多丰富的联想。

③ 兰亭，那座还飘散着诗意芬芳的兰亭还记得吗？在一千多年以前，暮春之初，一个天朗气清、惠风和畅的日子，在会稽山阴之旁，一群风流倜傥、潇洒不羁的社会名流聚集于兰亭，饮酒赋诗、酬唱赠答，而此时环绕在他们身后的却是满目青山、悠悠竹林，喧响在耳边的是清清的激流，映带左右。远离了丝竹管弦，一觞一咏，仰观宇宙之大，俯察品类之盛，游目骋怀，足以极视听之娱。面对如此良辰美景，可谓人生之至乐。而在那次集会上，不知是即兴而作还是盛会之后洋洋洒洒写下的那篇至今还

让后生们日记月诵的千古名文《兰亭集序》，永远地记载了那场千年绝唱，那篇浸染着书圣手汗的名帖从此传唱千年。

④ 兰亭，自此镌刻在了历史文化的碑石上，饮誉千年，成为千年以来士子心中的文化殿堂。

⑤ 湖心亭，还记得吗？至今伫立在美丽的西湖岛上的湖心亭，千年以来，不知让多少文人墨客魂牵梦萦。西湖，本来就是文人的一个梦，那里不光留下了著名文学家白居易和苏轼的佳话和墨宝，而且也留下了湖心亭的佳话和文章。那位自号陶庵、天孙，别号蝶庵居士，晚号六休居士的晚明才子张岱，以精练的笔墨记载了自己的一次西湖之游：

⑥“崇祯五年十二月，余住西湖。大雪三日，湖中人鸟声俱绝。是日更定矣，余拿一小舟，拥毳衣炉火，独往湖心亭看雪。雾凇沆砀，天与云与山与水，上下一白。湖上影子，惟长堤一痕，湖心亭一点，与余舟一芥，舟中人两三粒而已。”如此优美的意境，简洁的语言，可谓绝唱。

⑦ 那至今因《醉翁亭记》而著名的醉翁亭依然美丽，那“更待菊黄家酿熟，与君一醉一陶然”的陶然亭依然可爱，那得之于“停车坐爱枫林晚，霜叶红于二月花”之诗意的爱晚亭依然璀璨，那在寒梅怒放、清香四溢的“香雪海”中隐一亭的放鹤亭依然迷人。兰亭、湖心亭、醉翁亭、陶然亭、爱晚亭、放鹤亭……一座座充满着文化符号的亭子，多少年来，挺立在风风雨雨中，挺立在沧桑岁月里，不但没有随着时光的流逝而褪去昔日的光彩，反而随着时光的流逝而愈加可贵。而这一座座在风雨中千百年来备受文人们钟情的亭子也许可以用云南昆明大观楼的一副对联来解释：

⑧ 五百里滇池，奔来眼底。披襟岸帻，喜茫茫空阔无边。看东骧神骏，西翥灵仪，北走蜿蜒，南翔缟素，高人韵士，何妨选胜登临，趁蟹屿螺洲，梳裹就风鬟雾鬓，更苹天苇地，点缀些翠羽丹霞。莫辜负，四周香稻，万顷晴沙，九夏芙蓉，三春杨柳。

⑨ 数千年往事，注到心头。把酒凌虚，叹滚滚英雄谁在。想汉习楼船，唐标铁柱，宋挥玉斧，元跨革囊，伟烈丰功，费尽移山心力，尽珠帘画栋，卷不及暮雨朝云，便断碣残碑，都付与苍烟落照。只赢得，几杵疏钟，半江渔火，两行秋雁，一枕清霜。

⑩ 一幅仰观俯察的大手笔，纵目驰骋开阔的大画面，真让人“思接千载，神驰万里”。中国文人登高作赋的习俗，原是一脉相承。亭子，多建于高处，视野开阔，八面临风，元人有两句诗：“江山无限景，都取一亭中。”亭子的建立，本身就有浓浓诗意，从王羲之于兰亭“仰观宇宙之大，俯察品类之盛”“向之所欣，俯仰之间，已为陈迹，犹不能不以之兴怀，况修短随化，终期于尽”，到王勃于滕王阁吟唱“落霞与孤鹜齐飞，秋水共长天一色”“天高地迥，觉宇宙之无穷；兴尽悲来，识盈虚之有数”，再到陈子昂的《登幽州台歌》“前不见古人，后不见来者。念天地之悠悠，独怆然而涕下”的千古绝唱，一篇篇佳作都显示了中国文人“胸罗宇宙，思接千古”的一个情结，一种思维方式。

⑪ 亭子，那或高踞于楼台，或耸立于山头，或被绿水环抱的美丽亭台，以它独有的绰约风姿记载了华夏文化的瑰丽诗篇，以它独特的魅力征服了无数为它而钟情的文人墨客。亭子，那一座座风雨中挺立的亭子，必将永远挺立在中华文化的光辉篇章里。

1．下列对本文相关内容和艺术特色的分析鉴赏中，不正确的一项是（　　）

A．文章开头饱含感情，表达了作者对亭子的喜爱之情，看得出来，作者喜爱亭子是源于对文学的喜爱。这就为下文自然展开做好了铺垫。

B．作者随后撷取浸润了丰富文化内涵的兰亭、湖心亭、醉翁亭、陶然亭、爱晚亭、放鹤亭等名亭，加以歌咏抒怀，体现了自己对中国文化的独特理解和挚爱之情。

C．“江山还要文人赞”，倘若没有文人们的雅聚与吟咏，亭子恐怕不会挺立在中华文化的光辉篇章里。

D．本文最大的特点是集文学性、趣味性、知识性于一体，语言幽默，文笔流畅，让人们在阅读中既可以得到情感的陶冶，也可以得到知识的洗礼。

2．阅读全文，说说“风雨亭”的诗意体现在哪里？

3．文章本来是写“风雨亭”，为什么却插入了云南昆明大观楼的一副对联？能否去掉？

参考答案：

1．考查对写作手法和文章内容的理解。

D．“语言幽默”错，语言庄重、典雅，富有抒情性。

2．考查对文章主体内容的理解。

共五点。A．建筑古典雅致，依山傍水；B．文人墨客常在此吟诗作赋；C．充满文化底蕴，文化符号的象征；D．彰显文人“胸罗宇宙、思接千古的文化情结、思维方式”；E．记载了华夏文化的瑰丽诗篇，征服了文人墨客。

【解析】本题需要学生仔细阅读原文，筛选信息，找出相关语段，提炼中心意思。

3. 本题考查重点语句或重点段落在文中的作用。

不能去掉。

A. 内容上解释文人们钟情亭子的原因，为主题深化做铺垫。

B. 主题上突出文人们的共有文化情结和思维方式。

C. 形式上起到了承上启下的过渡作用，充实了文章内容。

【解析】本题考查重点语句或重点段落在文中的作用。

重点语句或重点段落在文中的作用一般有两点：

一是内容上的作用，结合文章内容多角度思考分析：（1）对内容的充实作用；（2）对主题的深化、升华作用；（3）寄托作者思想感情的作用。二是结构上的作用：（1）开头：统摄全篇，领起下文，渲染气氛，奠定基调，制造悬念，推动情节发展的作用；（2）中间：过渡照应的勾连，承上启下的作用；（3）结尾：呼应前文，深化、升华主旨，卒章显志的作用。

拴马桩，一座城市的神秘符号

① 对于这座城市而言，没有留下多少宝贵的文物，自然也就没有留下多少考证这个城市历史的记忆密码。然而，当一个个散落在庄户人家门前的拴马桩引起了有关专家的注意后，拴马桩的名声，也就不胫而走了。

②拴马桩，原是一些上面雕刻有人、兽造型而用来拴马的石桩。这些石桩高低不一，有的一人多高，有的与人肩齐，还有的刚到人的膝部。那些最高的拴马桩形态各异，上面有刻一狮的，有刻一貔貅的，有刻一人手搭眼眉眺望，好似在侦察什么的。狮子和貔貅象征着威权和财富，一个象征主人的宅院不可侵犯，另一个昭示主人的财富不会流失。凝望着这些一人多高的拴马桩，总能让人想到它们的拥有者的不同寻常的身份和地位。而那些与人肩并齐的拴马桩，则显得含蓄中庸，既不像那些高过人头的拴马桩那样趾高气扬、威风八面，也不像那些刚到人膝部的拴马桩那样低眉顺眼。它们的雕刻丰富多彩，有人踩蛤蟆的，有猴骑人肩的，也有猴骑狮子的，还有的像怒目圆睁的武士，丰富多彩的样式显示了平民性和灵活性，让人感到亲切，既不目空一切，也没有小家子气。

③我不知道眼前矗立的这些拴马桩有多少年的历史，也不知道这么多的拴马桩都是从哪里而来，更不知道这些拴马桩被文物专家注意后究竟发生了多少故事，反正这些拴马桩实实在在地保存了下来。然而转来转去这些拴马桩还是应该属于这座城市，因为所有的拴马桩都集中在了这里。当然这种集中不是随意决定的，决定它的还是拴马桩。因为拴马桩就是这里的主人，拴马桩的家就在这里。这里是它们的故土、热土，它们的价值就在这里，谁也不能把它们搬走。

④拴马桩，有多少年的历史，也许还没有人细细地考证过，但就石人的形象来看，有人认为是胡人形象。因为这些人脸庞宽大，眼球暴起，威武凶悍，远迥于中原人的慈眉善目。“胡人南下而牧马”，能牧马的，而且能入主中原这么久的，又深受汉文

化同化这么久的，只有在这块土地上建立统治权较早的金元时期。因为在这些拴马桩的附近就挂着一口铁钟，重达几吨，上面刻着金代的年号，这件罕见的文物足以验证这样的推断。

⑤ 拴马桩的兴起，无不与马的兴起有关。马，在古代，实在是一种与人类祸福兴衰息息相关的动物。按眼前这么多的拴马桩推断（这还仅仅是残留下来的，那些废弃和毁坏的不知又有多少），假如把那些在战乱中被人为破坏的拴马桩加起来，我想也是一个庞大的威武阵势，不亚于兵马俑。能拥有这么多的拴马桩，就一定拥有数量不少的马。汉民族，是一个典型的农耕民族。而作为农耕民族，哪会拥有这么多的快马呢？加上汉人素以“马背上的民族”来称呼胡人，因此可以大胆地推断拥有这么多拴马桩的是胡人，或者是“胡汉融合”的后代。于是，这座城市的神秘历史在这些拴马桩的启示下打开了它尘封的大门。

⑥ 我是从哪里而来？我虽然生在这块热土上，然而我的父辈早年间却都生活在黄河岸边。在黄河岸边有一个著名的古代关口，名为大庆关。大庆关在哪里？大庆关在秦晋的交界处，那里原是一个战略要地，是兵家必争的要道。进，它是通往中原的门户；退，它是护卫长安的第一道关口。真是“山河表里，表里山河”。听大庆关名容易让人以为是在山西界内，因为山西自古就是关隘众多之地，以“关”命名的地名太多。远的不说，著名的就有“娘子关”“平型关”“雁门关”等。古代兵家有“得山西者得天下”的说法，这从侧面反映了山西的战略意义，抗战时期八路军就把它作为抗日的根据地。然而大庆关后来呢？“三十年河东，三十年河西。”黄河的改道淹没了这道美丽的关口，失去家园的祖辈们流落到了这里。作为他们的后代，我有幸见到了这么

多的拴马桩，而这些幸存的拴马桩也让我看到了这座城市的历史。

⑦ 是的，我们每一个人都有权利探讨自己的历史、自己的未来。而对于一块土地，同样也有探讨它自己的权利。在中华民族的历史长河中，虽然有过长久的和平，但也有过长久的战争。无论是胡人还是汉人，在悠久的历史演变中都已经融为一体、血脉相连，成为中华民族大家庭中不可分割的一员。这对于那些妄图搞分裂的极端民族主义分子来说，应该搞清自己来自哪里，想把自己从中华民族里分割出去，无疑是自断手足，自伤眼目。战争、洪灾、瘟疫，等等，在历史上，在中华民族这块古老的土地上，是连绵不断的。由于各种原因，产生了民族迁移，而民族的迁移却无形中促成了民族的融合、民族的团结。所以不用问我来自哪里，我来自这块土地；也不要说这块土地属于谁，它属于这块土地上的人民。

1. 下列对文章有关内容的理解和赏析中，不正确的两项是（　）

A. 文章开头说明拴马桩是这座城市不可多得的文物，更容易引起人们对拴马桩的兴趣，起到了先抑后扬的作用。

B. 作者对拴马桩的外形进行了生动细致的描绘，并特别抓住其“胡人”特征，由此引发作者的思考和推想。这些描写都是为下文议论和抒情做铺垫。

C. 作者为了强调自己的推断年代，还特别提到了拴马桩附近的一座金代铁钟，目的是佐证自己观点的正确性。

D. 作者由眼前诸多的拴马桩联想到了马匹，又由马匹联想到了“胡汉融合”，于是在拴马桩的启示下，他的观点得到了验证。

E．文章最后一段总结升华，表明了加强民族团结的重要意义，表达了作者强烈的爱国主义感情。

2．作者笔下的拴马桩有何特点？

3．作者为什么说“拴马桩是一座城市的神秘符号”？请简要分析。

4．文中作者为什么要插入“我”的生活一段，在文中有何作用？

参考答案：

1．C D

【解析】此题难度偏易，选项内没有非常规陷阱，只要将每个选项对照相应原文，考生就能够轻松选出正确答案。C 选项“目的是佐证自己观点的正确性”错，应该为“推断”，不是“观点”。D 选项“他的观点得到了验证”错，应该为“推断”，而不是“观点”。

2．A．形态各异，高低不同；B．雕刻丰富多彩，平民性特点；C．保留的不少，毁坏的也不少。

【解析】试题分析：本题需要学生仔细阅读原文，筛选信息，找出相关语段，提炼中心意思。

3．A．拴马桩是这座城市不多的历史见证者；B．拴马桩的特点让作者联想到这块土地上发生的民族融合事件；C．拴马桩让作者想到民族团结的重要性。

【解析】此题考查梳理文章脉络，把握文章线索。作者为了表达自己的思想感情，会精心组织、选取材料；在表达上更是精益求精，特别注意词语在表达上的顺序、层次和分寸感。散文中的顺序，一般包括选取的材料顺序、段落顺序、句子顺序、词语顺序等。比如，散文线索就是文章结构的红线。抓住线索，也就抓住了作者的思路。根据文章中心需要，可以以物为线，以事为线；可以以人为线，以情为线；也可以以时间为线，以地点为线。找线索的方法：一要注意文章标题（有的标题直接揭示线索，有的标题包含线索中的因素）；二要注意文中反复出现的词语、句子；三要特别注意文中的议论抒情，因为散文中的“情”通常是文章组织材料的重要线索。

4. A. 内容上说明民族迁移是常例，为下文深化议论做铺垫；B. 主题上更能强调突出民族团结的重要性；C. 形式上起到了承上启下的过渡作用，充实了文章内容，使文章中的推断更容易被人们所接受。

【解析】本题考查重点语句或重点段落在文中的作用。重点语句或重点段落在文中的作用一般有两点：一是内容上的作用，结合文章内容多角度思考分析：（1）对内容的充实作用；（2）对主题的深化、升华作用；（3）寄托作者思想感情的作用。二是结构上的作用：（1）开头：统摄全篇，领起下文，渲染气氛，奠定基调，制造悬念，推动情节发展的作用；（2）中间：过渡照应的勾连，承上启下的作用；（3）结尾：呼应前文，深化、升华主旨，卒章显志的作用。